Responsable de la collection : Frédérique Guillard
Coordination éditoriale : Catherine Méru-Kühn

ISBN 2.09.282595.X

YAK RIVAIS

CONTES DU CIMETIÈRE AU SOLEIL COUCHANT

Illustrations de Yak Rivais

NATHAN

« Plus on est dessous plus on rit . »

(Proverbe *ſ*tupide)

Alors,
les squelettes
font entendre
leur musique
en choquant
leurs ossements.

PROLOGUE

LES TOMBES du cimetière Saint-Patrick brillent au soleil couchant. Tout paraît tranquille. C'est l'heure où la salamandre quitte son trou, l'heure où les crapauds flûtent à l'abri des champignons vénéneux, l'heure où les défunts commencent à parler entre eux.

Dans son caveau voûté, le vampire ajuste sa cape rouge. Les feux follets s'animent derrière les cyprès. La cloche de l'église retentit pour un dernier appel à la prudence. Dong ! Dong ! Dong ! Humains, ne sortez plus ! sonne-t-elle.

Alors, les squelettes font entendre leur musique en choquant leurs ossements. Ils claquent des dents sur les racines des pissenlits. Les nains noirs sortent nettoyer leurs richesses tandis qu'un diable rouge s'efforce de voler l'ombre des passants. Le drakk épouvantable éventre la terre, les revenants surgissent dans un froid glacial, et la Mort elle-même, armée de sa faux tranchante, essaie d'emporter une fillette !

Dong ! Dong ! Dong ! sonne la cloche. Humains, restez chez vous ! N'ouvrez votre porte à personne ! Surtout ne venez pas au cimetière !

– Il faut nous décrasser !

LES NAINS NOIRS 1

D'HABITUDE, quand quelqu'un éternuait, Stéven s'écriait : « À tes souhaits ! » Mais lorsqu'il entendit le premier éternuement provenir d'une tombe du cimetière, il fut si surpris qu'il resta bouche bée dans l'allée.

– Atchoum ! avait crié quelqu'un.

Et, en même temps, un jet de poussière noire s'était échappé de sous la pierre tombale. Stéven n'osait plus bouger. Le petit nuage de poussière se dissipait. Un deuxième éternuement retentit à dix pas, suivi d'un crachat de poudre noire :

– Atchoum !

Cette fois, Stéven sourit. « On dirait que les défunts s'enrhument », murmurat-il. Et sans doute aurait-il lancé « à tes souhaits ! », si un troisième éternuement ne l'avait pris de court, assorti d'un lâcher de poussière :

– Atchoum !

Qui donc éternuait ? Des bruits de voix venaient d'une chapelle :

– Zut ! J'ai encore attrapé un rhume !

– Moi aussi, screugneugneu !

– C'est à cause des courants d'air !

Vite, Stéven se faufila derrière une pierre tombale et il attendit là.

– Hou... Hou..., murmuraient les défunts dans les fosses du cimetière, il va se passer quelque chose...

– Hou... Hou... il se passe toujours quelque chose dans le cimetière Saint-Patrick au soleil couchant...

– Hou... Hou... on n'a pas le temps de s'ennuyer...

Stéven hocha la tête. Quels bavards ! Tout le monde savait, rue de Bretagne, que les morts du cimetière parlaient. Et après ? Les vivants ne s'en portaient pas plus mal...

– Attention ! dit soudain Stéven car trois nains sortaient de la chapelle.

Vêtus de noir, ils se battaient les flancs pour chasser de leurs vêtements des bouffées de poussière noire, et ils éternuaient :

– Atchoum ! Saleté de poussier !

– Screugneugneu ! J'en ai plein la bouche et les narines !

– Je crois même que j'en ai dans le derrière !

Les trois nains éclatèrent de rire. Stéven observa que leurs visages et leurs mains étaient barbouillés de noir.

– C'est cette saleté de charbon ! grogna le premier.

– On ne peut pas y échapper ! ronchonna le deuxième.

– Il faut nous décrasser ! dit le troisième.

Alors, les nains grimpèrent debout l'un sur les épaules de l'autre afin d'inspecter le cimetière.

– Ça va ! dit celui qui s'était juché au sommet de l'échafaudage. Il n'y a plus personne !

Ils sautèrent dans l'allée, gagnèrent le fond du cimetière en se battant les côtes. Un nuage noir les environnait. Stéven les suivit en se cachant dans l'ombre des tombes. Il retenait son souffle...

– Hou... Hou..., murmura un mort, il va y avoir du sport...

– Hou... Hou... tais-toi si tu ne veux pas tout gâcher, imbécile ! réagirent plusieurs autres.

– Hou... Hou..., protesta le premier mort, qu'est-ce que j'ai dit de mal ?

– Hou... Hou... tais-toi donc ! répliquèrent les autres.

– Hou... Hou... je me tais, marmonna le premier mort, vexé.

Il se tut. Les nains firent halte auprès du robinet, là où les familles prenaient l'eau pour arroser les plantes qui fleurissaient les tombes.

– Compris ! murmura Stéven amusé. Ils vont se laver !

Les nains noirs jetaient leurs bonnets de laine sur une pierre tombale. Ils ôtèrent leurs vestes...

– Ils vont se mettre à poil ! ricana Stéven.

Mais non. Les nains noirs gardèrent leurs pantalons et se contentèrent de les épousseter à coups de chiquenaudes

vigoureuses. La poudre flottait autour d'eux comme un fumigène, et ils éternuaient de plus belle :

– Atchoum ! Atchoum ! Atchoum !

À la fin, ils tirèrent de leurs poches des mouchoirs sales qu'ils déplièrent avec soin. Chacun en sortit un petit caillou noir.

– Du charbon ? se demanda Stéven.

Le soleil étirait les ombres, le garçon était trop loin pour identifier les cailloux. Il se mit à ramper dans l'herbe. Il releva la tête en atteignant la pierre tombale sur laquelle étaient les vêtements des nains. Les petits personnages criaient et riaient autour du robinet que le premier venait d'ouvrir. Ils s'aspergeaient d'eau...

– Hou... Hou..., murmura le premier défunt, celui qui avait parlé tout à l'heure, qu'est-ce qu'ils font ?

– Hou... Hou... contente-toi de regarder ! répliquèrent les autres.

– Hou... Hou... mais je ne dis rien ! protesta le premier.

– Hou... Hou... ferme-là ! ripostèrent les autres.

– Hou... Hou..., se défendit le premier, je n'ai même pas dit que le garçon al...

– Hou... Hou... ferme-là ! coupèrent les autres. Tu vas tout gâcher !

Le premier défunt se tut, les autres aussi. Les nains, occupés à leur toilette, n'avaient pas prêté attention à leurs commérages. Une chance ! Sinon, ils auraient appris qu'un « garçon » était dans le cimetière. Stéven pinça les lèvres :

– Quels concierges !

Les trois nains lavaient leurs cailloux. Le premier exhiba le sien, bras tendu vers le soleil rouge :

– Admirez-moi ça !

– Formidable ! approuva le deuxième. Regarde le mien, screugneugneu !

– Et le mien alors ! revendiqua le troisième.

Stéven réprima une exclamation. Les cailloux étincelaient : c'étaient des diamants !

– Hou... Hou..., murmura le premier mort, ils ont de bien belles pierres...

– Hou... Hou... tais-toi ! intervinrent les autres.

– Hou... Hou... j'ai quand même le droit de dire que...

– Hou... Hou... rien du tout !

– Hou... Hou... mais le garçon...

– Hou... Hou... silence ! Ferme-là !

Les défunts se turent. Heureusement encore, les trois nains, après avoir déposé les diamants auprès des vêtements entas-

sés, avaient entrepris de faire leur toilette en riant. Ils poussaient des cris et s'éclaboussaient. Le gamin n'hésita pas. Il allongea la main comme un petit serpent et subtilisa les diamants. Il les mit dans une poche de son pantalon et se laissa glisser en arrière pour prendre la fuite.

– Hou... Hou..., murmura le premier mort, vous avez vu ça ? Il a piqué les diam...

– Hou... Hou... ferme-là donc ! s'écrièrent les autres.

– Hou... Hou... qu'est-ce que j'ai dit de mal ?

– Hou... Hou... tu parles trop ! Tais-toi !

– Hou... Hou... j'ai juste remarqué que le garçon avait dérobé les diamants des n...

Les trois nains interrompirent subitement leur toilette. Ils se retournèrent :

– Quoi ?

– Hou... Hou... tu vois l'effet de ton mouchardage ! protestèrent les défunts mécontents.

– Hou... Hou..., se défendit le premier, j'ai juste remarqué que le gamin...

Les trois nains pivotèrent sur place, aux aguets :

– Un gamin ? Où donc ?

Ils bondirent sur les vestes et les bonnets pour se revêtir. Le premier nain cria :

– Mon diamant !

Le deuxième cria :

– Mon diamant !

Le troisième cria :

– Mon diamant !

– Il a disparu ! constata le premier.

– Volés, screugneugneu ! estima le deuxième.

– C'est le gamin ! réfléchit le troisième.

Ils tournaient autour de la tombe en se rhabillant. Comme ils avaient oublié de fermer le robinet, l'eau coulait toujours.

– Hou... Hou... ils vont trouver le voleur, murmura le premier défunt.

– Hou... Hou... ferme-là ! Vas-tu la fermer ! réagirent les autres.

Stéven, pendant ce temps, avait zigzagué entre les pierres tombales. Il avait gagné le centre du cimetière. Les nains hurlèrent :

– Nos diamants ! Au voleur !

Ils s'élancèrent par les allées aussi vite que leurs petites jambes le leur permettaient.

– Au voleur ! Il faut le retrouver !

Le garçon, plaqué dans l'ombre au mur d'une chapelle, en vit passer un. Il ne pouvait pas rester là. Tôt ou tard, la bande le repérerait. Alors, sans bruit, il escalada

une dalle de granit, se hissa dessus. Il s'y agenouilla, prit une posture de statue à la ressemblance des autres monuments, la tête dans les mains en signe de détresse. Il ne bougea plus...

– Hou... Hou..., murmura le premier défunt, vous avez vu ça, le garçon se déguise en statue.

– Hou... Hou... ferme-là, imbécile ! crièrent les autres.

Les trois nains s'étaient réunis au bout de l'allée principale. Ils se concertaient :

– Il s'est déguisé en statue ! dit le premier.

– Ce ne sera pas facile de le retrouver ! observa le deuxième. Il y a beaucoup de statues, screugneugneu !

– Elles se ressemblent toutes ! renchérit le troisième.

– Non ! rectifia celui qui devait être le

chef. Il est facile de retrouver une fausse statue !

– Comment faire ? demanda le deuxième.

Le premier attira ses deux camarades à lui par le col de leur veste :

– Il suffit de leur lancer des pierres ! Vous avez compris ?

– Non, avoua le deuxième.

– Non, avoua le troisième.

– Andouilles ! pesta le premier, qui s'impatientait. Nous lancerons des pierres aux statues ! À toutes les statues ! Compris ?

– Non, avoua le deuxième.

– Non, avoua le troisième.

– Je vais me fâcher ! cria le premier en tapant du talon par terre. Nous lancerons des pierres aux statues ! Si vous entendez un bruit de caillou, c'est qu'il s'agira d'une statue ! Mais si vous entendez crier

« Aïe », c'est qu'il s'agira de notre voleur !

Les deux autres venaient de comprendre :

– Ah oui ! Bonne idée !

– En avant ! commanda le chef du trio. Chacun son secteur !

Tous trois se mirent en marche dans trois directions différentes. Ils ramassaient des gravillons qu'ils lançaient aux statues : ils les percutaient avec des bruits secs.

– Ils vont me trouver ! s'inquiéta Stéven.

Il tâta les diamants dans sa poche, mais se trompa de poche :

– Hé ?

Des billes ! Il en saisit une entre le pouce et l'index et reprit sa pose de statue. Justement, un nain approchait. Il s'arrêta. Stéven ne bougeait plus, ne respirait plus. Le nain le visait. Il lança soudain son caillou. Stéven serra les dents pour ne pas crier en le recevant dans les côtes. En revanche, il lâcha sa bille sur la pierre tombale au-dessous de lui. Bing ! Un bruit de pierre. Le nain hocha la tête, satisfait. Il poursuivit son chemin et ses investigations un peu plus loin...

– Hou... Hou..., murmura le premier défunt, le garçon est rudement malin, vous avez v...

– Hou... Hou... ferme-là ! protestèrent les autres. Vas-tu la boucler, nigaud !

– Hou... Hou... mais je ne dis rien...

– Hou... Hou... ferme-là ! Ferme-là ! Ferme-là !

Les trois nains se retrouvèrent à l'autre extrémité du cimetière. Le gamin en profita pour se laisser glisser à terre en douceur. Il rampa dans l'ombre. Les nains se concertaient :

– Je n'ai vu aucun humain ! dit le premier.

– Moi non plus, avoua le deuxième.

– C'est bizarre, murmura le troisième, toutes ces statues...

– Quoi ? demanda le premier.

– Elles portent toutes des espèces de vêtements longs avec des plis...

– Forcément ! le coupa le premier avec agacement. Ce sont des personnages de cimetière !

– C'est vrai, convint le troisième, sauf que j'en ai vu une en jean, et...

– C'est lui ! s'écria le premier. Où ? Où ? Vite !

– Par là, dit le troisième avec un geste vague.

– Hou... Hou... ils ne le trouveront pas, ricana le premier défunt, puisqu'il a changé de place...

– Hou... Hou... pourquoi l'as-tu dit ! s'écrièrent les morts ? Vas-tu la fermer à la fin !

Les nains s'étaient arrêtés pile, attentifs. Le premier retint les deux autres :

– Le voleur s'est déplacé.

– Hou... Hou... tu vois ce que tu as fait ! grondèrent les morts courroucés.

– Hou... Hou..., se défendit le bavard, ce n'est pas ma faute...

– Hou... Hou... tu fausses le jeu ! Tu n'arrêtes pas de dénoncer le petit ! C'est injuste !

– Hou... Hou... mais je ne...

– Hou... Hou... ferme ton bec !

Les nains tendaient l'oreille, dans l'attente d'un mouvement de l'enfant. Stéven, lui, ne bougeait plus, collé à présent au mur du cimetière, derrière les cyprès. Soudain, il se baissa, ramassa une pierre

qu'il lança le plus loin qu'il pouvait. Elle roula sur les graviers d'une allée...

– Par là ! crièrent les trois nains.

Ils coururent dans cette direction. Ils cherchaient partout tandis que le soleil caressait le clocher de l'église Saint-Patrick.

– Hou... Hou..., ricana le premier défunt, le garçon les a bien eus ! Vous avez vu, il a lancé une pierre pour leur faire croire qu'il...

– Hou... Hou... vas-tu te taire ! se fâchèrent les morts. Ferme-là ou ça va barder !

L'autre se tut en bougonnant. Les nains s'étaient regroupés. Le premier raisonna :

– Vous avez entendu ? Il lance des pierres au loin pour nous faire croire qu'il y est !

– Oui ! Oui ! approuvèrent les deux autres.

– Mais il n'y est pas !

– Non ! Non !

– Donc s'il jette une pierre, par exemple au nord, c'est pour nous faire croire qu'il se trouve au nord, alors qu'il se cache au sud ! Vous avez compris ?

– Oui ! Oui !

– Silence ! exigea le premier nain. Attendons.

Stéven n'avait rien perdu de leur conciliabule. En riant sous cape, il ramassa un gros caillou. Il prit de l'élan, mais au lieu de le lancer au loin, il le jeta en l'air au-dessus de lui. Le caillou retomba à même pas trois pas dans l'allée. Les trois nains crièrent :

– Là-bas ! Le bruit venait de l'ouest ! Le voleur cherche à nous y attirer ! Donc il est à l'est, screugneugneu !

Ils coururent en vociférant dans la

direction supposée. Le gamin en profita pour se faufiler le long du mur jusqu'à la grille d'entrée. Elle était ouverte. Il bondit dehors.

Les morts murmuraient :

– Hou... Hou... vous avez vu ce qu'il..., commença le premier...

– Hou... Hou... Silence ! Plus un mot ! Plus un mot ou gare !

– Hou... Hou... je...

– Hou... Hou... suffit ! Ferme-là !

Stéven avait quitté le cimetière. Il ramassa encore une dizaine de graviers sur le trottoir, les lança par-dessus le mur dans des directions opposées. Les nains noirs piaillaient de l'autre côté de la muraille :

– Par ici ! Par là ! Non, par là ! Par ici !

Ils devaient trotter en tous sens, screugneugneu. Les défunts riaient.

Stéven prit tranquillement la direction de la rue de Bretagne, ses diamants en poche. Il ouvrit la porte de l'immeuble, monta chez lui et mangea sa soupe. Il s'était lavé les mains avant. Tâchez de faire comme lui pour passer à table[1].

1. Les nains ont laissé le robinet du cimetière ouvert. Il faudrait penser à aller le fermer.

ANNICK ET LA MAIN DU DIABLE

2

ANNICK était au cimetière. Assise dans l'herbe, elle jouait avec sa poupée pendant que sa mère était allée chercher de l'eau pour les fleurs. Quelque chose apparut sur une tombe. L'enfant ouvrit les yeux et la bouche :

– Oh ! Une main !

C'était une main humaine qui se promenait toute seule sur la pierre tombale comme un écureuil. Annick éclata de rire. La main, tranchée au ras du poignet, trottait sur ses doigts en faisant des galipettes.

– Ça c'est amusant ! approuva Annick.

Elle allait se lever pour contempler le

prodige lorsqu'elle découvrit un personnage juste derrière elle. Il était tout rouge et cornu, avec une barbiche pointue et une queue terminée en pointe de flèche, mais le plus bizarre était qu'il se tenait pieds en l'air. La fillette réalisa qu'il était suspendu à l'envers à la branche d'une haute croix de pierre. Il avait un livre à la main.

– Hello ! dit le personnage cornu.

– Salut ! répondit Annick. (Puis, intéressée :) Comment que tu fais pour rester la tête en bas ?

– C'est ma posture naturelle, répondit l'autre. C'est excellent pour la circulation du sang dans le cerveau.

– Oui mais ça ne doit pas être pratique, observa poliment Annick, pour garder des choses dans ses poches.

– Question d'entraînement, dit l'autre.

Annick se leva. Son visage était au niveau de la face renversée de l'individu cornu.

– Qu'est-ce que c'est, ton livre ? s'informa la petite curieuse.

– Un ombrier.

– Un quoi ?

– Un ombrier. C'est comme un herbier. Tu as déjà entendu parler des herbiers ?

– Oui, à l'école. Ça sert à classer les herbes.

– Okay ! dit le personnage bizarre, qui parlait parfois l'américain de banlieue. Je t'explique : un ombrier sert à classer les ombres.

– Les ombres des gens ?

– Tu l'as dit. Regarde : tu vas mieux comprendre.

Toujours pendu par les pieds à la croix de pierre, l'étrange individu fit claquer

deux doigts de sa main libre l'un contre l'autre. La main, qui trottinait comme une langoustine sur la pierre tombale, se redressa soudain, attentive.

– Regarde ! répéta le cornu. *Look*[1] *!*

La fillette vit la main sauter de la tombe dans l'allée.

– Elle est drôlement agile ! approuva Annick. On dirait un furet !

La main trottait dans l'allée. Mais en la voyant s'approcher de ses baskets, la fillette recula d'instinct...

– N'aie pas peur, dit l'individu aux longues cornes.

– Je ne veux pas qu'elle me chatouille ! se défendit Annick en riant.

Elle avait gardé sa poupée sous son bras.

– Elle ne te chatouillera pas, promit le

1. Regarde !

personnage suspendu. Regarde bien ce qui va se passer !

La fillette se tint immobile. La main tournait autour de la semelle de sa basket droite.

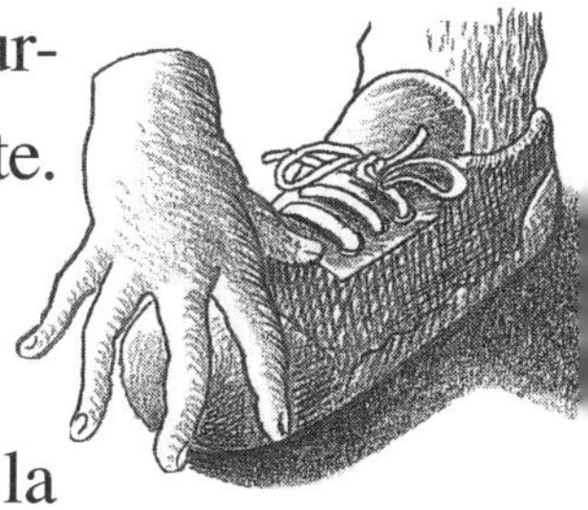

– Qu'est-ce qu'elle fait ?

– Regarde et *shut up*[1] *!*

La main se mit à tourner autour de la semelle gauche. Elle pivota debout sur l'auriculaire. Le pouce et l'index attrapèrent l'extrémité de l'ombre de la fillette, et hop-là ! la main fit retraite en emportant l'ombre !

– Mais ? s'écria Annick. Qu'est-ce qu'elle...

– Attends ! dit le cornu rouge. *Wait and see*[2] *!*

L'enfant écarquillait les yeux. Sur la pierre tombale où elle était remontée, la

1. Tais-toi !

2. Attends et vois !

main se trémoussait comme une mante religieuse, en appui sur les deux derniers doigts. Elle pliait l'ombre avec les trois autres ! Plic-plac-ploc ! En deux, en quatre, en huit, en seize ! En trente-deux même ! L'ombre était devenue pas plus grande qu'une carte postale.

– Alors ça, c'est fort ! convint Annick admirative.

– Et tu n'as pas encore tout vu ! dit l'affreux cornu suspendu.

La main s'était placée au-dessous de lui. Il abaissa un bras, s'empara de l'ombre et l'insinua pliée entre les pages de son livre.

– *All right*[1] *!* approuva-t-il.

Annick applaudit sans méfiance, sa poupée sous un bras.

– Est-ce que le spectacle t'a plu ?

1. Très bien !

demanda le personnage rouge tandis que la main s'installait à croupetons sur ses doigts refermés pour se reposer.

– C'était formidable ! apprécia Annick.

– Bon, alors *bye-bye*[1] *!* dit le cornu rouge en se repliant vers le haut pour prendre congé.

– Minute ! Et mon ombre ?

Le Diable, car c'était un diable à n'en pas douter, ralentit son mouvement de repli, l'air embarrassé :

– Ton ombre ? Je la garde dans mon ombrier. Okay ?

– Mais...

– Je te la restituerai quand ta dernière heure sera venue en échange de ton âme. Les bons comptes font les bons amis ! Ah ! Ah !

---

1. Au revoir !

Il fit une pirouette et sauta par terre mieux qu'un champion de barre fixe. Il s'enfonça dans le sol comme une grosse carotte en creusant son trou. La main l'y suivit. L'enfant resta seule, sa poupée sous le bras, mais sans ombre. Un voile de fumée âcre et soufrée qui s'échappait du trou fit frémir ses narines.

– Il est gonflé, celui-là ! murmura Annick épatée.

Le trou s'était refermé comme un opercule d'appareil photo. La fillette déposa sa poupée sur une tombe. Elle fit quelques pas dans l'allée en lorgnant ses pieds dépouillés...

– Voleur d'ombre ! s'écria l'enfant.

Elle serra les poings et se les cala sur les hanches :

– Ça ne se passera pas comme ça !

Elle vint se poster au-dessus du trou rebouché. Elle tapa du talon par terre :

– Holà ! Grand cornu ! Amène-toi ! J'ai deux mots à te dire, sale voleur !

L'autre reparut. Toujours à l'envers, il était accroché par les pieds au bras tendu d'une haute statue d'ange.

– Me voilà ! dit-il, l'ombrier à la main. *How do you do*[1] ?

– Tu n'as pas le droit de me piquer mon ombre !

– On jouait, s'excusa l'autre.

La main était de retour aussi. Elle se mirait dans le marbre poli de la pierre tombale aux derniers rayons du soleil. Le Diable reprit la parole :

– Je te propose une affaire, dit-il.

– Quelle affaire ?

1. Comment vas-tu ?

– Une affaire sensationnelle ! *Wonderful ! Marvellous*[1] !

– Rends-moi d'abord mon ombre !

– Après, dit l'individu à la queue fléchée. Tu ne veux pas entendre ma proposition ?

– Cause toujours ! répliqua Annick.

– Tu as vu ce que la main peut faire ?

Annick lui accorda un regard. En réponse, la main se souleva sur deux doigts pour lui adresser une espèce de révérence.

– Oui, admit Annick. Elle n'est pas banale.

– C'était la main d'un voleur, expliqua le cornu. Mais ça n'a aucune importance, *we don't care*[2] !

– Non.

---

1. Merveilleuse !

2. On s'en fiche !

– Écoute ce que je te propose. Okay ?

– J'écoute.

– J'ordonne à la main de satisfaire tes moindres désirs, et tu me laisses ton ombre. *Business is business*[1] *!* Okay ?

– Non. Je veux mon ombre.

– Mais réfléchis donc ! s'impatienta le cornu rouge.

Il se laissa choir sur le socle de la statue d'ange, où il demeura planté, tête en l'air cette fois :

– Réfléchis ! La main te donnera tout ce que tu désires ! Richesse ! Gloire ! Santé ! Bonheur ! Tout ! Et tiens ! tu veux un trésor par exemple ? Regarde ! (Il fit claquer deux doigts l'un contre l'autre, et commanda :) Main ! Petite main ! Trouve-moi un trésor ! *Quick*[2] *!*

---

1. Les affaires sont les affaires !

2. Vite !

À peine avait-il prononcé cet ordre que la main sauta dans l'allée en fouissant la terre des cinq doigts. Elle s'y ensevelit, disparut. Le temps de compter jusqu'à dix, elle était de retour, éboulait la terre autour d'elle comme une taupe hors d'une taupinière, et elle rapportait une cassette. Elle la déposa dans l'herbe, arracha le cadenas d'une pichenette d'index. Le couvercle s'ouvrit. Des pierres précieuses brillaient dans la cassette. La main regagna son aire de repos sur la dalle de marbre noir. Elle se cura les ongles que la terre avait souillés.

Le Diable triomphait :

– Alors ? N'est-ce pas extraordinaire, *baby* ?

– Formidable, convint Annick.

– Est-ce que ça ne vaut pas le sacrifice d'une ombre ? Réfléchis ! À quoi sert une ombre ? À rien ! On ne peut même pas se mettre à l'ombre de son ombre quand le soleil tape !

– Ça, c'est juste, reconnut Annick.

– *Well*[1]*?* Tu me laisses ton ombre en échange des pouvoirs de la main ? Okay ?

La fillette était pensive. Elle déclara enfin :

– Pourquoi pas ? (Puis :) Je n'ai pas encore décidé. (Puis :) Est-ce que la main serait capable de faire apparaître une moufle ? Une grosse moufle fourrée pour l'hiver ?

– Drôle d'idée !

– Elle ne le peut pas ? soupçonna Annick.

– Elle le peut ! Elle peut tout apporter,

1. Bien !

stupid girl[1]*!* Une bonne paire de moufles si ça te chante ! *Why not*[2]*?*

– Et un sac à main en cuir, ajouta Annick alors que le personnage singulier s'apprêtait à faire claquer le majeur de sa main contre le pouce.

– Le client est roi ! admit le Diable avec une moue de mépris. (Il fit claquer ses doigts, et réclama :) Main ! Petite main ! Procure-lui une paire de moufles fourrées et un sac à main en cuir ! *Quick !*

Il haussa les épaules. La main plongea dans le sol et s'y enfouit encore...

– Elle ne tardera pas à ressortir ! commenta l'individu à longue queue.

La terre se soulevait déjà. La main en surgit avec son butin. Elle déposa le sac et la paire de moufles sur la pierre tombale.

---

1. Fille stupide !

2. Pourquoi pas ?

– Exactement ce que je voulais, approuva Annick en ouvrant le sac.

Elle s'assit de côté sur la pierre, attrapa une moufle fourrée :

– Est-ce que la main peut m'aider à l'enfiler ? demanda-t-elle.

– *Oh yes*[1]*!* acquiesça le cornu rouge.

Les morts murmurèrent dans les tombes. Ils n'avaient rien dit jusqu'ici, le silence devait leur peser.

– Hou... Hou... qu'est-ce que la gamine a derrière la tête ?

– Hou... Hou... des cheveux, fit l'un, mais les autres le traitèrent d'andouille en le priant de se taire et il n'insista pas.

– Fermez-la, les morts ! cria le Diable. *Shut up*[2] *!*

Il fit claquer ses doigts. La main sauta sur

1. Oh oui !

2. Taisez-vous !

les genoux d'Annick pour l'aider à enfiler la moufle fourrée. Mais la petite maligne, par un habile mouvement, l'y introduisit de force et flanqua le tout aussitôt dans le sac qu'elle referma vite fait ! Elle se releva en le brandissant comme un trophée :

– Et voilà le travail ! (Et elle ajouta, pour se moquer du langage du Diable :) *Thank you very much*[1] *!*

– Hé ? Qu'est-ce que tu..., commença l'individu rouge.

Les morts murmurèrent :

– Hou... Hou... c'est ce qui s'appelle avoir plus d'un tour dans son sac... à main... Hi ! Hi ! Hi !

– Hou... Hou... c'est ce qui s'appelle aussi être pris... la main dans le sac... Ha ! Ha ! Ha !

1. Merci beaucoup !

Le sac à main palpitait, se tordait, car la main prisonnière s'y débattait à l'aveuglette dans la moufle fourrée. Le Diable se laissa tomber sur la pierre tombale avec une grimace effrayante. Il grinçait des dents :

– Tu vas lâcher ce sac tout de suite ! ordonna-t-il.

Il avait laissé son ombrier posé sur le socle de la statue d'ange, hors de portée de l'enfant, mais tout au bord.

– Tu le veux, ton sac ? riposta Annick. Alors va le chercher !

Elle lança le sac dans la direction du livre. Elle était très forte au jeu de chamboule-tout : le sac percuta l'ombrier et le fit tomber dans l'allée. Le barbu cornu, surpris, se retourna avec un juron :

– ... (Même en anglais, nous ne l'écrirons pas) !

Trop tard ! D'entre les pages désunies par la chute, toutes sortes d'ombres s'évadaient, capturées autrefois par le Diable. Elles se dépliaient en l'air comme des cerfs-volants. Annick reconnut des ombres humaines, mais aussi des ombres animales, et surtout, elle vit une petite ombre jaillir comme un accordéon magique et plonger aussitôt par terre pour s'accrocher à ses talons ! La sienne !

– Hou... Hou..., admiraient les morts du cimetière, la gamine est rusée.

– Hou... Hou... elle a vaincu le prince des ombres !

L'enfant détala et, cette fois, son ombre la suivit. Elle se mit à danser, observant l'image de ses bras sur les pierres tombales. Elle avait repris sa poupée et s'exerçait à la lancer en l'air et à la rattraper pour le plaisir de voir leurs ombres se disjoindre et se réunir tour à tour. Elle chantait. Elle se retira pendant que le cornu, à l'écart, déchirait le sac à main, arrachait la main de la moufle. Par jeu, elle lui cria :

– Alors ? Ça va ? *Happy*[1] ?

L'individu rouge bondit sur son livre que la brise du soir délestait de ses dernières captives. Les ombres filaient retrouver leurs propriétaires loin, très loin. Avec un cri de rage, le cornu referma l'ombrier. Deux ombres qui en dépassaient glissèrent encore et lui échappèrent. Le Diable pestait :

– La bourrique ! Maudite morveuse ! Galopine ! Gredine !

Il parlait français cette fois.

Les morts s'amusaient :

1. Heureux ?

– Hou... Hou... tu as trouvé plus fort que toi, sacripant !

Le vilain sauta par terre à pieds joints, s'enfonça dans le sol comme une courtilière[1]. Sa main le suivit. Tous deux disparurent dans les profondeurs tandis que la terre se refermait. Une fumée soufrée empuantissait l'air du soir.

– Hou... Hou..., murmuraient les défunts, ce qu'il sent mauvais ce cochon-là.

– Hou... Hou... il a encore mangé des fayots.

Ça les faisait rire. L'enfant, cependant, restait seule avec sa poupée. Le personnage rouge avait oublié son trésor en prenant le chemin du monde souterrain. Annick le ramassa.

1. Insecte fouisseur.

– Hou... Hou..., murmurèrent les morts, la cassette n'est pas à elle !

La fillette ne prétendait pas le contraire. Mais franchement, c'eût été stupide de la laisser là. Avec un petit geste d'excuse, elle la cala sous son bras gauche, et, poupée sous le droit, elle quitta les lieux. Si vous voulez la dénoncer à la police, je ne vous retiens pas.

Un être horrible émergea.

LE PULL DU REVENANT 3

NOËLIK errait dans le cimetière. Un fil de laine grise l'intrigua. Il sortait de sous une pierre tombale.

– Bizarre..., murmura Noëlik.

Il tira dessus. Le fil vint. Le gamin tira encore, et il vint encore.

Alors Noëlik se mit à l'amener à deux mains, l'une après l'autre comme un matelot tire un filin.

– Qu'y a-t-il au bout ? s'interrogeait-il à voix haute.

À ses pieds, un écheveau de laine se formait, de plus en plus épais, mais le gamin halait toujours le fil de laine, encore et encore.

Une voix enrouée se fit entendre, une

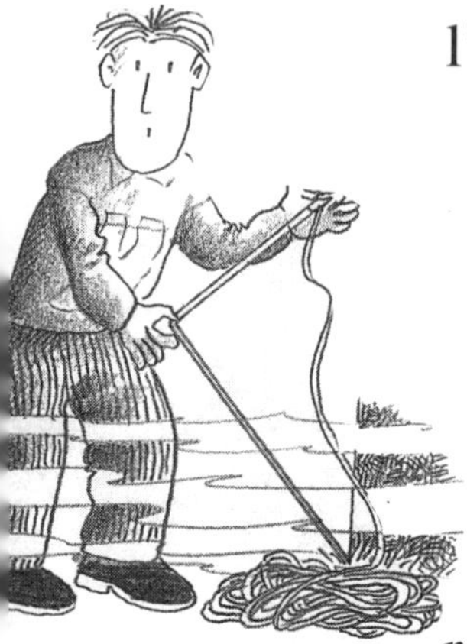

voix triste et assourdie, entre les pieds de l'enfant :

– Qui est-ce qui détricote mon pull ?

– Pardon ? dit Noëlik.

La voix fit vibrer le sol :

– Qui est-ce qui détricote mon pull ?

– Mais..., murmura l'enfant.

Il lâcha le fil. Une brume inattendue se répandait par les allées au ras des pierres tombales. Elle s'épaississait, envahissait le cimetière de ses flots fumeux. Pour la troisième fois, la voix résonna sous terre :

– Qui est-ce qui détricote mon pull ?

Le brouillard inondait le cimetière, gommait le bas des tombes. Noëlik s'y tenait debout comme un héron dans l'eau d'un étang. Il demanda, d'une voix mal assurée :

– Qui... Qui est-ce qui parle ?

La réponse n'arriva pas tout de suite.

Noëlik entendit des grattements souterrains, puis un ahanement comme lorsqu'on s'attelle à une tâche pénible. Subitement, la pierre tombale devant laquelle il se tenait fut soulevée de côté comme une page d'un livre. Elle retomba à l'envers dans la brume cotonneuse avec un bruit feutré. L'enfant grelotta. Il faisait très froid. Il se frotta les bras et les avant-bras des deux mains :

– Brrr ! Il fait un froid de canard ! se plaignait-il.

– C'est vrai, répondit enfin la voix triste montée du sol... Et toi, tu as détricoté mon pull.

Un être horrible émergea de la fosse embrumée. L'enfant poussa un cri d'effroi. L'apparition était couverte d'algues, un vrai tas de varech ambulant surchargé de moules. Deux avant-bras décharnés, terminés par des doigts squelettiques, dépassaient de la verdure aquatique tandis qu'on devinait plus qu'on ne repérait une face osseuse et burinée aux orbites vides et au nez rongé.

Noëlik balbutia, grelottant :

– Qui... Qui... êtes-vous ?

L'apparition hocha lentement sa tête coiffée d'algues. Elle semblait flotter dans le brouillard blanc.

– Je suis un noyé..., dit la voix triste et sourde.

– Que... que..., commença l'enfant.

– Je me suis noyé en mer, poursuivit le revenant, et j'ai froid... Et toi, tu as détricoté mon pull.

Noëlik claquait des dents. Un froid glacial régnait auprès de l'apparition terrifiante. L'enfant se défendit :

– Je... Je ne l'ai pas fait exprès... Je...

J'avais vu le brin de laine dépasser. J'ai tiré dessus comme ça... Je... Je ne savais pas qu'il s'agissait de votre pull-over.

Le défunt secoua sa tête sinistre ; les moules entrechoquées produisaient de petits claquements secs :

– Je n'ai plus de pull... par ta faute...

– Je... Je m'excuse, bredouilla Noëlik en serrant ses bras contre son corps pour tâcher de se réchauffer. Je... (Il eut une idée :) Je peux vous apporter un pull de mon père ?

Le revenant se dandinait sur place, les pieds dans le brouillard. Il tourna la tête vers l'enfant à l'instant où le clocher de l'église sonnait 19 heures. La vibration des cloches s'éteignait lentement sur le cimetière...

– Je t'accorde une heure, dit le défunt... Si tu n'es pas de retour dans une heure avec le pull... je viendrai te le réclamer.

– Oui, oui... je serai là, promis ! s'écria Noëlik. Vous pouvez compter sur moi ! Je vous apporterai son plus beau pull !

Le cadavre éleva un bras décharné hors de ses haillons aquatiques. Il pointa du doigt le clocher de l'église :

– Une heure ! gronda-t-il. Je t'accorde une heure...

– Oui... Oui... Je... J'y vais !

L'enfant recula dans la brume, incapable de détacher ses yeux de l'apparition.

– Va ! gronda la voix triste. Je t'attendrai une heure... mais passé ce délai, je viendrai te réclamer mon dû.

Noëlik prit sa course dans les remous fumeux de l'allée. Il fit halte à une cinquantaine de mètres pour se retourner. Le revenant couvert d'algues n'était plus qu'une silhouette fantomatique au bord

de sa fosse. Noëlik quitta la cimetière en courant. Comme il habitait à l'entrée de la rue de Bretagne, il n'eut pas à aller loin pour arriver chez lui, mais il consultait sa montre et son cœur battait fort tandis qu'il fonçait sur le trottoir.

– Ah ! 19 heures 11 ! Déjà !

La rue était presque déserte. L'enfant poussa la porte de son immeuble en s'écriant :

– 19 heures 13 ! Vite !

Il escalada les escaliers vers l'appartement de ses parents au troisième étage. Essoufflé, il parlait tout seul :

– Vite ! Pourvu – hhh – que mon père – hhh – soit rentré ! Ah ! Déjà – hhh – 19 heures 14 ! Presque – hhh – un quart d'heure écoulé – hhh ! Vite ! Vite !

Il ouvrit la porte brutalement. Son père, assis devant la télévision, regardait un jeu

en attendant le retour de la mère. L'enfant courut vers lui :

– Papa ! Papa !

– Voilà mon fiston ! l'accueillit son père avec un sourire.

Noëlik tremblait. Au lieu d'embrasser son père, il se retourna pour examiner la pendule du salon et jeta un cri :

– 19 heures 18 ! Est-ce qu'elle est à l'heure ?

– Mais... Je pense que oui, dit le père surpris.

Il consulta son bracelet-montre :

– Ah non. Elle avance. Il n'est que 19 heures 16...

L'enfant s'agitait, s'affolait :

– Papa ! Donne-moi ton gros pull bleu marine ! Le plus chaud !

– Quoi ? fit le père. Qu'est-ce qui t'arrive ?

L'enfant lorgnait sa montre avec frayeur :

– Vite ! Je t'en supplie !

Il s'impatientait, tordait les mains...

– Minute ! dit le père en cessant de sourire. Assieds-toi. Explique-toi ! Qu'est-ce que tu as l'intention de faire de mon pull ?

Le garçon piétinait, prêt à s'élancer vers la chambre pour s'emparer du pull marin paternel.

– Assieds-toi, Noëlik !

– Vite ! Il est déjà 19 heures 19 !

– Et après ? objecta le père. Assieds-toi. Te voilà tout en sueur ! A-t-on idée de se mettre dans des états pareils ?

L'enfant éclata en sanglots. Le père l'attira à lui pour le réconforter :

– Qu'est-ce qui se passe ? demanda-t-il en lui caressant les cheveux. Qu'est-ce que tu veux faire de mon pull ?

L'enfant hoqueta. Il dit, entre deux sanglots ravalés :

– C'est pour un mort...

Le père, un instant interdit, éclata de rire :

– Quoi ?!

Noëlik se redressa, vit la pendule et poussa un cri :

– 19 heures 24 !

– Elle avance, rappela le père en attirant son fils par la main. Explique-toi calmement. Viens t'asseoir à côté de moi...

Il força Noëlik à le rejoindre sur le canapé, coupa le son de la télévision :

– Maintenant, raconte, exigea-t-il.

– C'est un revenant du cimetière ! J'ai détricoté son pull !

Le père ricana :

– Il s'en tricotera un autre ! Il a tout son temps ! Au cimetière, tu sais, il n'a pas grand-chose à faire ! Ah ! Ah ! Ah ! Il a l'éternité devant lui !

Noëlik chercha à reculer, mais son père ne le lâcha pas. Le gamin protesta :

– Ne dis pas ça ! C'est un noyé, mort en mer ! Il est couvert d'algues et il a froid !

– D'accord, admit le père, conciliant. Où l'as-tu rencontré ?

L'enfant s'énervait :

– Je te l'ai déjà dit : au cimetière ! Un brin de laine dépassait d'une tombe... J'ai tiré dessus... et alors... et alors...

Noëlik frissonna au souvenir de l'apparition...

– Alors quoi ? demanda le père.

– J'ai entendu une voix qui provenait de sous terre et qui disait : « Qui est-ce qui détricote mon pull ? »

– Je parie que c'était un employé du gaz ! s'esclaffa le père.

– C'était un mort ! Il a soulevé la pierre et il est sorti !

– Toi, murmura le père, tu lis trop d'histoires de Yak Rivais ! À partir de demain, tu me feras le plaisir de te mettre à la Comtesse de Ségur !

– Mais non ! protesta l'enfant.

Il consulta sa montre :

– 19 heures 30 ! Plus qu'une demi-heure ! Il faut que je lui donne le pull à 20 heures !

– Voyez-vous ça ! Mon beau pull Saint-James ?

– Oui !

– Des clous ! s'écria le père. C'est mon pull préféré. Ton fantôme s'en passera !

– Impossible ! Il a promis de... Ah !

L'enfant poussa un cri terrorisé au bruit de la porte qui s'ouvrait. Sa mère entra, les bras chargés de paquets.

– C'est maman ! s'écria Noëlik.

– Bien sûr ! dit sa mère. Qui croyais-tu que c'était ?

– Un fantôôôôôôôme ! ricana le père. Houuuuuuuuuu ! Houuuuuuuuuu !

La mère déposa ses paquets sur la table et se pencha. Le père l'embrassa. La mère attira son fils à elle :

– Tu ne dis pas bonsoir à maman ?

– Si... Si..., dit Noëlik.

– Mais ?

La mère s'inquiéta :

– Tu es en nage ? Tu as la fièvre ? Tu te sens malade ?

– Non... Non...

Noëlik consultait sa montre. La mère interrogea le père du regard, mais il se contenta de hausser les épaules :

– Il a pris peur au cimetière. Il a rêvé une histoire à dormir debout...

La mère se laissa tomber dans un fauteuil, attira son fils à elle par les mains. Elle le regarda droit dans les yeux :

– Qu'est-ce qu'il y a, Noëlik ?

– C'est un mort, maman ! Un noyé affreux ! Il est couvert d'algues et de coquillages ! Il n'a plus d'yeux !

La mère prit son air sévère :

– Noëlik, tu sais que je déteste les mensonges !

– Je ne mens pas ! C'est un revenant du cimetière ! J'ai détricoté son pull et je lui ai promis celui de papa en échange et...

– Noëlik, assez ! le coupa sa mère avec fermeté. Calme-toi. (Elle s'adressa au père :) Donne-moi le gant de toilette, s'il te plaît. Mouillé. Et un verre d'eau...

Le père passa dans la cuisine. La mère caressait son fils, lui murmurait des mots doux. Elle prit le verre d'eau des mains du

père et le poussa entre les lèvres de l'enfant :

– Bois, ordonna-t-elle. Vide le verre...

L'enfant but. La mère rendit le verre au père, prit le gant de toilette mouillé d'eau fraîche et lava le visage en sueur du garçon :

– Voilà, chantonnait-elle comme une berceuse, voilà, voilà... Est-ce que tu te sens mieux, mon chéri ?

Noëlik secoua la tête en signe d'assentiment. Mais ses yeux rencontrèrent la pendule :

– Moins le quart ! cria-t-il. Il reste un quart d'heure ! Vite !

Il voulait se lever. La mère le retint :

– Calme-toi...

– Je lui ai promis le pull pour 20 heures ! Je le lui ai promis !

– Il attendra ! fit le père.

– Non ! Non ! Il n'attendra pas ! Il viendra le chercher !

Le père était hilare :

– Dans ce cas, on lui offrira l'apéritif et des cacahuètes !

La mère souriait. D'un froncement de sourcils, elle conseilla au père de ne pas insister. Il s'en alla dans la cuisine en riant tout seul. La mère s'efforça de raisonner son garçon :

– Noëlik, tu as fait un cauchemar. Tu t'es laissé impressionner. C'est normal... Un cimetière n'est pas un endroit comme un autre, on imagine des choses...

Noëlik secouait la tête avec obstination :

– Je l'ai vu ! Il a soulevé la pierre ! Le brouillard était partout autour...

– C'est ça ! approuva la mère comme si elle venait de trouver une explication plausible. Le brouillard t'a impressionné. Mais tu dois te ressaisir. Tu sais ce que nous allons faire ?

Noëlik releva les yeux avec confiance. Elle reprit donc :

– Nous souperons tranquillement et tu iras te coucher avec une bonne tisane. Tu dormiras un bon coup, et demain tu te réveilleras en pleine forme. Tu verras que tu auras tout oublié...

– Non... Non..., se défendait le gamin. (Il tenta une fois de plus de se faire entendre :) Je n'ai pas rêvé ! C'était un noyé ! Un marin mort en mer ! Il était chargé d'algues avec des coquillages...

La pendule marquait 19 heures 55. L'enfant cria :

– Moins cinq ! Il va venir ! Donne-moi le pull de papa ! Je le lui ai promis !

La mère se fâcha :

– Non. Tu vas arrêter ces enfantillages !

Le père revenait dans le salon. Il frissonna soudain :

– Il ne fait pas chaud ! constata-t-il en allant toucher le radiateur. Il fait même frisquet !

La mère quitta son fauteuil en se frottant les bras :

– C'est vrai...

– C'est lui ! cria Noëlik. Il faisait très froid auprès de lui !

– Moi, fit le père avec un clin d'œil complice à la mère, je crois que je vais enfiler mon pull... (Il s'adressa à son fils :) Ça ne te dérange pas que j'enfile mon pull Saint-James ?

Mais l'enfant n'écoutait pas, les yeux rivés à la pendule.

Le père se dirigea vers la chambre.

– Moins deux ! Il va venir ! Il l'a promis ! s'alarmait Noëlik.

Le père était de retour, le pull marin à la main. Il le déploya devant lui :

– Je l'aime bien, moi, mon pull, dit-il... Brrr ! Il fait de plus en plus froid ! On grelotte !

– C'est vrai, approuva la mère. Je vais mettre un chandail. C'est à n'y rien comprendre, les radiateurs fonctionnent !

– C'est parce qu'il est là ! hurla tout à coup Noëlik. Le noyé !

Il avait crié si fort et si aigu que la mère se retourna.

L'enfant était debout au centre de la pièce, la main tendue vers la porte d'entrée. Le père, qui s'apprêtait à enfiler son pull, suspendit son geste. Au bout de la rue, le clocher de l'église Saint-Patrick commença à égrener les huit coups de 20 heures. Doooong ! Doooong ! L'enfant bondit, arracha le pull des mains de son père...

– Mais ? fit le père stupéfait.

Son garçon courait vers la porte.

Doooong ! Doooong ! sonnait la cloche. Noëlik ouvrit la porte. Le père, accouru à sa suite, s'arrêta pile. La mère, qui venait à retardement, porta ses mains à sa gorge :

– Mon dieu !

Dans l'encadrement de la porte se tenait un hideux personnage, sans nez, sans yeux, couvert d'algues. Il ne touchait pas terre et se dandinait sur place dans une espèce de langue de brouillard qui avait envahi le palier et les escaliers. Il tendait en avant une main squelettique dans laquelle l'enfant jeta le pull marin.

– Le voilà ! dit-il. C'est le plus beau de mon père !

Le revenant hochait la tête. Les derniers coups retentirent au clocher de l'église : Doooong ! Dooooooooooooooooong ! Leurs ondes s'éteignirent...

– Juste à l'heure..., dit la voix sourde et

triste que l'enfant avait déjà entendue.

Le noyé couvert d'algues fit demi-tour avec le pull. Il flottait sur la brume blanche, l'emportait avec lui comme des fumées mouvantes en descendant les escaliers. Le revenant partait. La mère s'approcha, jambes tremblantes. Un moment, la famille demeura sur le pas de la porte, resserrée et tendue...

– Il s'en va..., murmura Noëlik avec pitié.

Le père revint en courant au salon et ouvrit la fenêtre. La mère et l'enfant le rejoignirent.

– Là ! s'écria l'enfant.

Le brouillard recouvrait la rue au ras de la chaussée. Le noyé, debout dans son cercueil comme sur une chaloupe, s'en retournait au cimetière à la lumière jaunâtre des réverbères...

– Mon dieu ! répéta la mère avec un signe de croix.

– Mon pull ! fit le père avec une mine exagérément dépitée pour détendre l'atmosphère.

L'enfant lui sourit.

– Bon, fit le père, il faudra m'en acheter un autre...

Et il caressait la tête de son fils. La mère soupirait :

– Est-ce possible ! Est-ce possible !

Elle pensait au défunt. Mais le père, avec un clin d'œil complice à Noëlik, préféra jouer sur les mots :

– Certainement ! dit-il. Au moment des soldes ?

– Bas les pattes !
s'écria Rozic.

MADEMOISELLE DE T'OCCUPE 4

UN SOIR qu'elle revenait de sa répétition théâtrale, Rozic pénétra dans le cimetière. Un chat noir l'intriguait. L'animal lui faisait signe de le suivre. Elle s'en approcha.

– Alors , miaula le chat. Je ne te fais pas trembler ? Tu ne sais pas que les chats noirs portent malheur ?

– T'occupe, mon minou ! riposta la gamine.

Elle sautillait entre les tombes, intéressée maintenant par un feu follet. Le chat la rattrapa :

– Où vas-tu ? miaula-t-il.

– Je me promène. Et je ne devrais pas

parce que je ne suis pas très en avance.

– En avance ou en retard, ronronna le chat, peu importe. Tu ferais mieux de me vendre ton âme.

– T'occupe ! répondit Rozic.

Le feu follet s'en allait. Elle reprit la poursuite en sifflotant, son sac sur l'épaule.

– Tant pis pour toi, fit le chat. Je t'aurai prévenue.

Il lui emboîta le pas. Le soleil tout rouge barbouillait le ciel d'aquarelle orange. Une brume très légère montait du sol. Les morts murmurèrent :

– Hou... Hou... la gamine est hardie...

– Hou... Hou... elle ne sait pas ce qui l'attend...

Au détour d'une chapelle, deux femmes en chemises blanches barraient le passage. Elles étaient presque transparentes, on voyait les arêtes des pierres tombales à travers elles. Rozic s'immobilisa. Les deux femmes, bras nus, manches retroussées, tordaient entre elles un drap trempé pour l'essorer. Tout le monde savait, dans le quartier, que des apparitions de lavandières constituaient un fâcheux présage...

– Qu'est-ce que c'est que ces bonnes femmes ! ronchonna Rozic en renonçant à suivre son feu follet.

– Tu ferais mieux de me céder ton âme, estima le chat.

– Ce ne sont pas deux espèces de fantômes femelles qui m'intimident ! riposta la gamine avec un haussement d'épaules.

Elle avança. Les deux lavandières se tournèrent vers elle. Leurs yeux étaient clairs, les prunelles fixes, à se demander si elles voyaient l'enfant.

– Aide-nous à essorer ce drap, exigea l'une, d'une voix morne.

Rozic consulta sa montre. Elle déposa son sac sur une dalle de granit embrumée :

– Je vous accorde trois minutes, dit-elle. Je vous avertis que je suis championne de corde à sauter. Qui est-ce qui commence ?

Les deux revenantes hésitèrent. Rozic avait arraché le drap des mains de la première qu'elle poussa au milieu du chemin :

– Tourne ! ordonna Rozic à l'autre lavandière. Vinaigre !

Et elle fit elle-même tourner le drap comme une corde à sauter.

– Qu'est-ce que... ? marmonna la revenante au milieu de l'allée.

Elle fut bien forcée de sauter par-dessus

le drap mouillé. Hop ! Et hop ! Le drap fouettait les graviers. La lavandière fantôme ne put éviter qu'il vienne battre ses chevilles, et perdit l'équilibre...

– Perdu ! décréta Rozic. À toi, l'autre !

– Mais..., dit la seconde lavandière.

– À toi !

Elle dut abandonner le drap à sa camarade sauteuse et la remplacer au milieu.

– Vinaigre ! exigea Rozic.

Les morts murmurèrent. La brume alentour semblait sourdre des tombes en filets blanchâtres. Le soleil fut voilé par un nuage. Rozic consulta sa montre derechef. Elle fit tourner le drap mouillé encore plus vite. Clac ! Clac ! Il giflait les gravillons de l'allée, et hop ! hop ! la sauteuse s'appliquait à flotter par-dessus. Elle était plus leste que sa camarade. Mais comme cette dernière était mal-

adroite et manipulait le drap sans souplesse, il vint choper une de ses jambes et elle trébucha...

– Perdu ! annonça Rozic. À mon tour !

Elle se plaça au centre. La seconde lavandière se dandinait sur place comme un automate...

– Alors ! Tu te dépêches ! l'apostropha Rozic.

– Heu...

– Vinaigre ! exigea l'enfant.

Les deux revenantes firent tourner le drap. Clac ! Clac ! Clac ! Rozic sauta, bien entraînée. Elle comptait les tours à voix haute en même temps :

– Un, deux, trois... vingt et un, vingt-deux... trente... quarante... quarante-neuf, cinquante ! Vous avez perdu, vous êtes nulles !

Elle quitta le jeu en s'abaissant,

ramassa son sac et fit volte-face pour partir, saluée par les défunts :

– Hou... Hou... elle est drôlement futée...

Les lavandières demeuraient penaudes, le drap à la main, tandis que leurs formes s'estompaient. Elles disparurent. Le chat rattrapa la gamine dans la brume rasante qui l'enveloppait jusqu'au cou :

– Attends-moi ! Où vas-tu ?

– T'occupe ! répliqua Rozic.

Elle s'immobilisa soudain devant une chapelle illuminée :

– Tiens ? Il y a de la lumière là-dedans ?

Le chat vint se frotter à ses jambes :

– Tu ferais mieux de me vendre ton âme, miaula-t-il. Le soleil va se coucher...

– Il reviendra demain ! assura Rozic en faisant trois pas vers la chapelle.

– Peut-être pas pour tout le monde, augura le chat noir...

Rozic haussa les épaules. Les morts murmurèrent :

– Hou... Hou... elle n'a pas froid aux yeux...

– Hou... Hou... je la connais, fit une voix de défunte, c'est la fille de Gwennaël ! Il n'y a pas plus entêté que lui !

– T'occupe ! riposta la gamine en furetant dans l'entrée de la chapelle. Je me demande ce qu'il y a là-dedans ! C'est plus illuminé que le château de Versailles !

Elle avança. Le chat la suivit. Dans la chapelle, une myriade de lumières scintillaient. L'on entendait des éclats de rire.

– Ah ça ! sourit Rozic. C'est la fête du 14 juillet !

Mille feux follets comme celui qu'elle avait poursuivi dansaient en poussant des rires de clochettes. Ils sautaient les uns par-dessus les autres. Parfois, ils enflaient, éclatants de lumière, et ils explosaient, tout de suite remplacés par d'autres. La fillette, éblouie, fit encore trois pas en avant. Alors, elle vit l'eau. La chapelle était vaste comme une grotte. Une eau claire y dormait, paisible. Des reflets bleutés se mouvaient sur les parois de pierre. Rozic écarquilla les yeux :

– Ça alors ! s'extasia-t-elle. C'est plus fort que le roquefort !

– Je t'avais prévenue, miaula le chat. Tu ferais mieux de...

– T'occupe, mon minou !

La danse des feux follets s'organisait autour de l'enfant. Par jeu, elle allongeait la main pour faire semblant de les capturer comme des papillons, mais ils s'échappaient en riant. Rozic descendit la pente à leur suite. Un petit bateau à moteur était accosté à la cale de pierre, dans l'ombre des rochers...

– Je me demande où il va ? s'interrogea la curieuse. Je monterais bien à bord !

– Il risque de t'emmener loin ! miaula le chat noir.

– Où donc, mon minou ?

– Tu ferais mieux de me vendre ton âme et de rentrer chez toi...

– J'adore les voyages ! dit la petite téméraire.

Les feux follets tournaient au-dessus de sa tête comme une couronne lumineuse. Ils se reflétaient dans l'eau du lac. L'enfant contempla le bateau. Le passeur était debout, de dos, à la barre. Il était très grand, vêtu d'une espèce de robe de moine qui tombait autour de ses chevilles et masquait ses pieds. Son ample capuchon était rabattu sur sa tête. Rozic n'hésita pas. Elle sauta dans l'embarcation, s'assit sur la banquette arrière après avoir jeté son sac sur le capot du moteur devant elle. Le chat, malgré sa répulsion pour l'eau, vint se lover à côté du sac. Les feux follets dansaient comme des lucioles sur la rive. Rozic agita la main vers eux...

– Il est encore temps, miaula le chat, de me vendre ton âme...

– T'occupe !

Le passeur venait de lancer le moteur du petit bateau. Bap. Bap. Braaaaaa... L'embarcation, éclairée par deux fanaux de proue semblables à une paire d'yeux, pivota sur bâbord et quitta la rive. L'eau charriait des algues flottantes qui sentaient bon.

Rozic ferma les paupières pour jouir de la caresse d'une douce brise venue du

fond de la caverne. La traversée serait courte, probablement...

– Est-ce que tu sais seulement où nous allons ? ronronna le chat.

La fillette rouvrit les yeux. Le bateau s'enfonçait dans des vapeurs inattendues. On ne voyait déjà plus la rive d'où l'on était parti.

– Il n'y avait pas de brouillard sur l'eau tout à l'heure, remarqua Rozic.

L'embarcation s'emmitouflait dans des pansements de brume de plus en plus épais. On ne repérait rien. Une bouée tinta, par tribord. L'eau clapotait. Dans la nuit, des embruns fouettaient à présent la coque et postillonnaient sur la vitre avant.

– Mais ? s'étonna l'enfant. Qu'est-ce que ça... ?

Pour réponse, un ricanement du passeur se fit entendre. Comme il ne se retournait pas, la petite passagère se pencha en avant pour l'apercevoir, mais le capuchon rabattu masquait son visage. Rozic distingua seulement une main posée sur la barre. Ah ! Une main sans chair ! Toute en os ! La fillette en resta saisie. Le chat miaula :

– Il est encore temps de me vendre ton âme et on annule tout...

– Non ! T'occupe !

Rozic était brave. Intrépide, même. Elle venait pourtant de reconnaître, debout contre la vitre et près du passeur, une longue faux à lame tranchante.

– Alors, pilote ? gouailla-t-elle. Vous allez faire la moisson ?

Le passeur ricana. Il se retourna un peu. Rozic vit une pommette affreuse et des dents jaunies : c'était la Mort elle-même qui pilotait le bateau

– Zut ! fit la gamine. Il y a un os...

Et comme elle avait de l'humour, elle haussa les épaules et se murmura, pour se ragaillardir :

– Il y a même plus qu'un os puisqu'il y a le squelette entier !

Et elle interrogea le passeur :

– Où allons-nous ?

L'Ankou ne répondit pas. Le bateau s'égarait dans des nuées sombres où tourbillonnaient des visions étranges. Aux sifflements des balises se mêlaient des plaintes. Soudain, des mains vertes et visqueuses agrippèrent le rebord du bastingage, une douzaine de mains !

– Bas les pattes ! s'écria Rozic en ôtant sa chaussure gauche pour taper sur les doigts poisseux. Allez voir ailleurs si j'y suis !

Les mains lâchèrent prise. Les plaintes

se turent. Seuls les flots battaient la coque du bateau. La Mort ricana. Braaaaaa... Chouac ! Chouac ! Le moteur ronflait, l'embarcation heurtait les vagues parmi les volutes impalpables de l'air...

– Est-ce que tu sais où nous allons ? demanda la fillette au chat noir.

– Je ne te le révélerai pas.

– Ah oui ? fit Rozic.

Elle l'attrapa par la peau du cou et le souleva :

– Je compte jusqu'à trois et je te flanque à l'eau ! Un...

– Arrête !

– Deux...

– Arrête ! Nous allons au royaume des Morts !

– Bien, approuva Rozic. Et après ?

– Après, on te volera ton âme et l'Ankou déposera ton corps au cimetière pour faire croire aux vivants que c'est là que tu es décédée.

Braaaaaa... Le moteur était régulier. Les nuages commencèrent à se dissiper. Les formes qui tournoyaient comme des ailes fantastiques autour du bateau s'estompèrent. Rozic aperçut dans la pénombre un rocher noir. Une maison noire dépourvue de fenêtres était bâtie dessus.

– Est-ce là que nous allons ? se renseigna Rozic.

La Mort ricana. La fillette pinça les lèvres, décidée à ne pas se laisser faire. Elle déposa le chat sur la banquette et, par habitude parce qu'elle aimait les animaux, elle lui caressa le poil. Le chat ronronna :

– C'est gentil de ta part, mais tu ferais mieux...

– T'occupe ! coupa Rozic.

Elle fouillait son sac, en tirait toutes sortes de menues choses utiles au théâtre : des pinces, des ciseaux, du papier adhésif, de la ficelle, du fond de teint, un canif, un tournevis, un crayon, un tube de colle forte...

– Ah ! fit-elle.

C'était ce tube qu'elle cherchait. « *Super-colle*, promettait la publicité écrite dessus, colle même les individus par les pieds au plafond. »

– Qu'est-ce que tu fabriques ? interrogea le chat.

– Si on te le demande, tu répondras que tu l'ignores ! répliqua Rozic.

Elle ouvrit le tube. Le petit bateau approchait du rocher noir. Des balises sifflaient, la mer battait les écueils. Braaaaaa... Bap-Bap-Bap... L'Ankou s'apprêtait à accoster, il ne fallait pas perdre de temps. Rozic souleva son sac et projeta de la colle sur le dessous. Elle reposa le sac sur le capot du moteur. Le chat se grattait l'oreille avec perplexité. Mais la fillette n'avait pas achevé ses préparatifs. Elle vida le reste de colle sur les deux poignées du sac réunies, et jeta le tube vide à l'eau.

– Et voilà le travail ! dit-elle en frappant ses mains comme une paire de ciseaux.

Bap... Bap... Le moteur se tut. La Mort manœuvrait la barre pour amener le bateau contre le rocher par tribord. Les pneus protecteurs de la coque amortirent le choc. L'Ankou se retourna en prenant sa faux. Ah ! L'horreur ! Rozic découvrit les orbites vides de ses yeux, son nez rongé, ses dents proéminentes, la bouche grouillante de vermine...

– Ben dis donc ! critiqua la gamine. Tu n'es pas Miss Monde !

La Mort s'immobilisa, surprise :

– Je t'imaginais plus âgée, gronda-t-elle.

– Il y a erreur sur la marchandise ! protesta Rozic. (Elle recula sur la banquette.) M'est avis que tu devais embarquer un petit vieux ou une petite vieille. Tu as bâclé l'ouvrage, tu vas te faire taper sur les doigts !

L'Ankou ricana :

– Un passager ou un autre, je tâcherai d'arranger ça...

– Bon, fit semblant de se résigner Rozic. Veux-tu me donner mon sac, s'il te plaît ?

La Mort attrapa les poignées du sac de sa main gauche, mais le sac résista, le fond collé au capot du moteur. L'Ankou crut qu'il contenait quelque objet pesant :

– Qu'est-ce que tu transportes ? Des haltères ?

– T'occupe ! Tire plus fort !

La Mort serra les poignées et tira. Le sac ne vint pas. La Mort tira plus fort, une secousse fit vibrer le capot.

– Peuh ! se moqua Rozic. Tu as des muscles en chamallow ?

La Mort déposa sa faux contre le bastingage pour s'emparer des poignées du sac à deux mains. C'était ce qu'espérait la gamine. Elle se rua dans le passage entre le bastingage et l'horrible créature, et de là sauta sur le rocher.

– Halte ! lui cria la Mort.

Elle essaya d'étendre le bras pour l'intercepter. Mais la colle était de qualité. Les mains squelettiques adhéraient aux poignées du sac et le sac demeurait soudé au capot par le fond. Rozic se retourna en riant gaiement :

– Tu vas nous attendre ici ! Le chat et moi irons faire du tourisme !

La Mort rageait, hurlait des injures indignes. La fillette lui adressa un pied de nez :

– Je te salue bien ! Tu viens, mon minou ?

Prudemment tassé sur la banquette, le chat se faufila dans l'étroit passage pour la rejoindre :

– Je persiste à penser que tu ferais mieux de me vendre ton âme, parce que nul ne sait ce qui t'attend dans la Maison Noire !

La fillette l'attrapa par l'échine :

– Je ne le sais pas encore, mais je ne tarderai pas à l'apprendre, vu que tu vas me renseigner !

– Impossible ! miaula le chat. Interdit par le règlement !

Sur le petit bateau, la Mort tordait les hanches pour se détacher. L'embarcation secouée heurtait le rocher, tanguait. Rozic éleva le chat à bout de bras :

– Je recompte jusqu'à trois ! menaça-t-elle. Gare à toi si tu ne m'apprends pas comment entrer dans cette Maison Noire ! Un...

– Arrête ! implora le chat. C'est la Maison de la Mort. Je te dirai ce que j'en sais !

Et comme la gamine le caressait maintenant, il poursuivit en ronronnant de plaisir :

– Si tu veux entrer dans la Maison de la Mort, il faut toucher la Pierre Sensible. C'est tout ce que je sais...

– Quelle Pierre Sensible ?

– Je l'ignore. Je sais seulement qu'elle est très sensible et que la Maison déteste qu'on la touche...

– Qu'est-ce qu'il y a dans la Maison Noire ?

Le chat secoua la tête :

– C'est le secret de la Mort... Personne ne le connaît, et tu ferais mieux de...

– T'occupe !

Rozic déposa le chat à terre et gravit les marches taillées dans le roc. Le chat l'accompagnait. La haute silhouette fermée de la Maison Noire se dressait au-dessus d'eux. Au fur et à mesure qu'ils approchaient de la porte noire, des gloussements se faisaient entendre plus fort. Rozic releva la tête vers la maison maudite :

– Tu causes, tu causes, c'est tout ce que tu sais faire !

Les gloussements cessèrent. La fillette se retourna, vérifia que l'Ankou restait prisonnière du sac avant de se soucier sérieusement de la Maison. Celle-ci n'avait ni fenêtres ni lucarnes. La gamine s'approcha de la porte. Elle était noire, massive, sans doute en ébène. Pas de poignée, pas de serrure. L'enfant la poussa, de l'épaule. Vainement. La Maison Noire était hermétiquement close. Il fallait chercher la Pierre Sensible avant tout. Rozic entreprit de contourner l'édifice en tâtant ses pierres une à une. Soudain, un grondement de protestation retentit :

– Grrr !

La Maison protestait. L'enfant venait de toucher une pierre de sa base. Elle la retoucha pour vérifier...

– Grrr ! gronda la Maison. Arrête ça !

Alors, pour le plaisir, la gamine chatouilla la pierre. La Maison gronda de plus en plus fort et finit par éclater de rire :

– Hi-Hi-Hi ! Ha-Ha-Ha ! Ho-Ho-Ho ! Arrête ça ! Arrêêêêête !

Elle étouffait de rire. Rozic attendit qu'elle se fût calmée pour lui décocher un coup de pied, du pointu. La Maison hurla de douleur :

– Aïe ! Arrête ça ! Ne fais pas ça ! Aïïïïïe !

– Je le ferai, promit Rozic, jusqu'à ce que tu me dévoiles le secret de l'entrée !

– Non ! Aïe ! Ouille ! Arrête ça ! Ça fait mal ! Arrête !

– J'écoute ! dit Rozic en donnant à la Pierre Sensible un fameux coup de pied de footballeur, qui d'ailleurs lui blessa l'orteil.

– Aïïïïïe ! Ouiiiiille ! hurla la Maison.

Puis, elle lâcha d'un trait :

– En bas cherche le bon mot.

Le trésor est tout en haut !

– Qu'est-ce que c'est que ce charabia ? fit la fillette interloquée.

– Je n'en sais pas plus ! Je le jure ! cria la Maison.

– Et toi ? demanda la fillette au chat noir.

Il recula en miaulant :

– Moi non plus, et tu...

– Taratata ! D'abord, quel mot faut-il chercher ?

– Sans doute un mot de passe, réfléchit le chat.

– Oui. Quel est le mot de passe ? interrogea Rozic.

Et elle gratifia la pierre d'un bon coup de savate.

– Aïïïïïe ! Ouiiiiille ! C'est une énigme ! Je n'en sais pas plus !

– Et que faut-il faire pour prendre connaissance de l'énigme ? se renseigna la petite intrépide.

– Toquer quatre coups de suite à la porte sur l'air de la *Cinquième Symphonie* de Beethoven !

– D'accord, dit Rozic.

Elle connaissait le thème. Elle regarda le chat, mais il secouait la tête en signe d'incompétence. La fillette se retourna. Dans le bateau, lassée de n'arriver à rien, la Mort avait cessé de gigoter. Elle s'était assise sur le bastingage, mains collées aux poignées du sac.

– Hé ! La Mort ! l'apostropha Rozic. Tu ne veux pas me livrer le mot de passe ?

– Va te faire voir ! riposta la Mort furieuse.

Comme elle avait les mains entravées, elle ne pouvait pas doubler l'injure d'un

bras d'honneur. La fillette fit demi-tour vers la porte d'ébène, à laquelle elle toqua bravement – toc-toc-toc-tooooc ! – sur l'air de la *Cinquième Symphonie*. La porte demanda :

– Qui dois-je annoncer ?

– T'occupe ! répliqua la fillette.

La porte annonça donc :

– Mademoiselle de T'occupe !

Elle s'ouvrit. Rozic pénétra dans une pièce obscure. Peu à peu, grâce à la lumière qui entrait par cette ouverture, l'enfant distingua une table, un lit de bois, une meule – pardi ! pour aiguiser la faux de la Mort ! –, une penderie avec des suaires. Qu'avait dit la Maison ? « *En bas cherche le bon mot. Le trésor est tout en haut.* » Quel bon mot ? Quel trésor ?

Un escalier de bois montait en ligne droite. L'enfant le gravit, le chat noir sur les talons. Une trappe empêchait l'accès à l'étage. Impossible de la soulever.

– Tu ferais mieux de..., miaula le chat illico.

– T'occupe, mon minou !

Rozic eut l'idée de toquer à la trappe comme à la porte d'entrée : toc-toc-toc-tooooc ! Et alors, elle recula vivement car des flammèches apparaissaient sur le bois ! Ces petites flammes s'étiraient, s'arrondissaient, formaient des lettres et des mots. Rozic lut l'inscription suivante : « *Est-ce assez acheté ?* » Ça devait être l'énigme.

– Est-ce assez acheté ? Est-ce assez acheté ? se répétait la gamine. Est-ce assez acheté ? Qu'est-ce que ça veut dire ?

Les flammes s'éteignirent. Rozic resta sous la trappe.

– Est-ce assez acheté ? murmurait-elle. Est-ce assez... ?

Elle poussa un petit cri joyeux. Mais oui ! Elle venait de trouver le mot de passe !

– Je ne vois pas ce qui te réjouit, soupira le chat. Tu ferais mieux...

– Réfléchis, minou ! Est-ce assez acheté ? Épelle ! Prononce bien le « e » de « acheté »!

– Hein ?

– Est-ce assez acheté ! Remplace tous les sons de la phrase par des lettres : S – A – C – H – E – T ! Le mot de passe est « sachet ». Redescendons ! Y a-t-il un sachet sur la table ?

Elle redescendit, passa la main à plat sur la table mal éclairée :

– Je l'ai !

Elle l'ouvrit. Il renfermait une clé :

– Et voilà le travail !

Elle grimpa au haut des escaliers, retrouva le chat :

– Là, miaula l'animal, je dois avouer que tu m'épates ! Qu'est-ce que tu comptes faire ?

De la main, la fillette cherchait une serrure sur la trappe. Elle y introduisit la clé, la serrure s'ouvrit. L'enfant repoussa la trappe, la fit retomber en arrière. Rozic se propulsa dans la pièce du haut. Elle n'y voyait pas grand-chose car la lumière provenait du rez-de-chaussée, par la porte et la trappe ouvertes. Le chat y voyait mieux qu'elle :

– Il y a une table, miaula-t-il, avec un autre sachet dessus...

– Où ? Où ? s'enquit Rozic.

– Avance. Bon. Tu sens la table ? Allonge la main...

À tâtons, la fillette prit contact avec le plateau de bois. Elle trouva le sachet :

– Je le tiens !

Elle l'ouvrit, s'empara d'une deuxième clé qu'il contenait.

– Sûrement pour l'armoire, subodora le chat.

– L'armoire ? Où est-elle ?

– Marche vers ta gauche. Encore deux pas... Tu y es.

L'enfant palpa la porte, trouva la serrure, y logea la clé et la fit tourner. La porte s'ouvrit. Rozic n'y voyait rien.

– Qu'est-ce qu'il y a dedans ? demanda-t-elle.

– Un livre, répondit le chat sans enthousiasme. Un gros livre.

– Très gros ?

– Très très gros.

La fillette plongea les deux mains dans

l'armoire, toucha une épaisse couverture de cuir. Dehors, on entendait des cris...

– Qui est-ce qui braille comme ça ? s'impatienta Rozic.

Le chat miaula :

– C'est la Mort. Elle ne tolère pas que tu touches à son livre. Et tu ferais mieux de...

– Taratata ! Qu'est-ce que c'est que ce livre ?

Le chat soupira :

– C'est le livre de la Mort. Dedans sont écrits les noms des personnes décédées, et ceux des humains vivants avec les dates de décès à venir...

Rozic siffla :

– Pour un trésor, c'est un fameux trésor !

Elle empoigna le livre. Il était énorme et pesant, elle eut beaucoup de peine à le

soulever. Jambes écartées, l'objet à plat sur la poitrine, elle tituba en direction de la trappe, descendit précautionneusement les escaliers de bois. Dehors, la Mort vociférait. Elle se trémoussait et frappait l'embarcation des deux pieds pour tâcher de se délivrer. La coque heurtait les rochers. La Mort hurla en voyant la fillette sortir de sa maison...

– Lâche ce livre ! Lâche le *Grand Livre des Morts* ! Tu n'as pas le droit de le toucher !

En s'aidant des pieds, elle avait relevé la faux, s'efforçait de la coincer contre le bastingage, fer en l'air. Elle cherchait à trancher la colle. Elle réussit soudain à dégager une main et cramponna le manche de sa faux pour se libérer tout à fait. Mais au même instant, la porte d'ébène de la Maison Noire se referma dans le dos de l'enfant. Clac ! La Mort s'affola :

– Laisse le *Grand Livre des Morts* ! Je te l'ordonne !

La fillette laissa tomber le livre par terre. La Mort la vit s'accroupir et l'ouvrir. Elle s'époumona :

– Je t'interdis d'ouvrir le livre ! Tu n'en as pas le droit !

Mais Rozic attrapa la première page d'une manière qui ne laissait aucun doute sur ses intentions : elle s'apprêtait à l'arracher. La Mort devint véhémente :

– Non ! Non ! Ne fais pas ça ! Je te l'interdis ! Ne fais pas ça !

– Alors lâche ta faux ! ordonna Rozic en réponse.

– Attends ! Non ! Attends !

Rozic abaissa son regard sur le livre. Des noms et des dates figuraient à la première page. La Mort se fit implorante :

– Lâche le livre ! S'il te plaît !

– Lâche d'abord ta faux !

– Non... Je... Attends ! Non !

La Mort jeta un cri aigu. La fillette venait de déchirer une première feuille. Elle en fit une boulette qu'elle lança à l'eau. Une seconde, le papier flotta, déplié, perdant son encre. Puis la page roula sur elle-même et coula. La Mort sanglotait :

– Tu n'as pas le droit de faire ça ! Laisse le *Grand Livre des Morts* !

– Lâche ta faux, exigea Rozic, ou je continue...

– Oui... Oui...

L'Ankou laissa choir la faux dans le bateau.

– Recule ! commanda l'enfant. Hors de portée !

La Mort marchanda, un bras levé, l'autre encore englué au sac. Elle était répugnante.

– Tu ne détruiras pas le *Grand Livre* ?

– Pas si tu m'obéis. Recule...

La Mort recula. La fillette ramassa le gros livre et marcha vers l'embarcation. Elle vit que l'Ankou avait réussi à décoller le pouce et l'index de la seconde main, et ne restait collée au sac que par trois doigts. Elle jeta le livre dans le bateau et sauta auprès. La Mort fit mine d'avancer...

– Recule ! ordonna l'enfant. Ou je flanque le livre à l'eau !

– Non ! Non ! Ne touche pas au *Grand Livre* !

Le chat rejoignit prudemment la fillette à l'avant. Il jetait des regards inquiets du côté de l'Ankou collée à l'arrière.

– Écoute, miaula-t-il, tu ferais mieux de t'arranger à l'amiable avec la Mort et de...

– T'occupe ! répondit Rozic.

Et elle s'adressa à la Mort :

– Comment mettre le bateau en marche ?

– Tire la bobinette et la chevillette cherra ! rétorqua la Mort avec une évidente mauvaise foi.

– Tire le bouton rouge, conseilla le chat. C'est le démarreur...

La Mort pestait. Rozic tira le démarreur et le moteur se mit en marche. Bap. Bap. Bap...

– Abaisse la manette ! conseilla encore le chat noir.

Braaaaaa ! Le moteur s'emballa. Le bateau s'écarta du rivage, la fillette à la barre.

– À présent, annonça-t-elle, retour à la case départ !

Le moteur ronflait. La Mort donnait l'impression de couver le sac. De temps en temps, elle se secouait sournoisement, mais la colle tenait bon. La Mort s'en prit au chat. Elle gronda de manière à n'être entendue que de lui :

– Toi, le chat noir, gare à tes puces !

– Je n'en ai pas, répondit le chat d'un air offensé.

– Rends-moi ma faux que je finisse de tailler cette saleté de colle !

– Je ne peux pas, se déroba le chat. Demande à la gamine.

Le bateau naviguait, enveloppé comme à l'aller par des nuées ardentes et peuplées de monstres. Rozic se retourna :

– Hé, la Mort ! Si je te rends ton livre, qu'est-ce que tu me donneras en échange ?

– Rien ! Je n'ai pas le pouvoir de faire des cadeaux !

– À mon avis, ronronna le chat, tu ferais mieux de...

– T'occupe ! coupa Rozic.

Elle pilotait le bateau droit devant elle. Les embruns éclaboussaient le pare-brise et la coque. Chouac ! Chouac ! On sortit des brumes équivoques. Là-bas, vacillantes, quelques lumières scintillèrent, et bientôt on entendit des rires. Rozic avait regagné la rive aux feux follets. Elle apostropha la Mort :

– Si je te rends ton livre et si je te libère, quand reviendras-tu pour moi ?

– Pas de sitôt ! éclata la Mort. Pas envie de te revoir, voleuse !

– Quand reviendras-tu ?

La Mort réfléchit. Elle penchait la tête, sous son capuchon. Elle était hideuse. Elle grogna à contrecœur :

– Cent ans. C'est tout ce que je peux faire.

Rozic ralentissait le moteur de l'embarcation. Braaa-Bap-Bap... Elle calcula que cent ans, ajoutés aux années qu'elle avait déjà vécues, feraient une bonne affaire...

– Oui, accepta-t-elle. Ça me convient.

L'eau était redevenue calme, la température clémente. Rozic amena le bateau à terre par tribord, accueillie par la ribambelle des feux follets comme une danse aux lampions. Elle coupa le contact. Bap... La coque, protégée par les pneus, heurta la cale. La fillette enjamba le bastingage.

– Et moi ? revendiqua la Mort. Tu ne vas pas me planter là ?

Elle était horrible et grotesque. Rozic ramassa sa faux, l'adossa au moteur, fer en l'air. Le livre gisait sur le plancher.

– Je te laisse ton livre et ta faux, expliqua l'enfant. À toi de trancher la colle et que je ne te revoie que dans cent ans !

Elle gravit les escaliers qui menaient hors de la chapelle et le chat la suivit en relevant la queue à la verticale. Il fit une ultime tentative :

– Tu ne veux toujours pas me vendre ton âme ?

– Non, mais je consens à acheter la tienne.

Le chat était songeur. La fillette se retourna. Dans la chapelle-caverne, en bas, les feux follets éclairaient la Mort en transe. Elle tranchait fébrilement les derniers points de colle qui la retenaient prisonnière. Maladroite, elle jurait. Le chat s'enquit :

– Combien me la paies-tu ?

– Ton âme ? Un toit, des bonnes pâtées, un coussin moelleux, des caresses, énuméra Rozic. Si le traitement te convient, je te garde.

Le chat calcula qu'il valait bien mieux que les coups de pied au cul et les coups de fourche que les diables lui réservaient d'ordinaire :

– J'accepte, dit-il simplement.

La fillette sourit. Elle se retourna une dernière fois au moment de quitter la chapelle. La Mort venait de trancher la colle. Elle sauta par-dessus le bastingage, sa faux sur l'épaule, et le *Grand Livre* serré sur le sternum comme un bébé précieux. Elle s'enfuit en courant sur l'eau, se fondit dans l'obscurité. Alors l'eau disparut. La caverne disparut. Les farandoles de feux follets s'éteignirent. Il ne restait rien dans la petite chapelle aux vitraux multicolores incendiés par le soleil couchant. Rien. Sauf le sac.

– Je rêve ! murmura la fillette.

Elle revint sur ses pas le ramasser. Le chat s'impatientait au haut des marches :

– Alors ? On va les chercher, ce coussin moelleux et les bonnes pâtées, oui ou non ?

Rozic le rejoignit dehors. Le soleil dorait le clocher de l'église et le cimetière. L'enfant consulta sa montre :

– Oh ! fit-elle.

Son absence n'avait pas dépassé la minute. Rozic s'extasia :

– Ça alors ! (Puis :) Je me demande où est allée la Mort ! Tu crois qu'elle est rentrée dans sa Maison Noire, mon minou ?

– T'occupe ! riposta le chat.

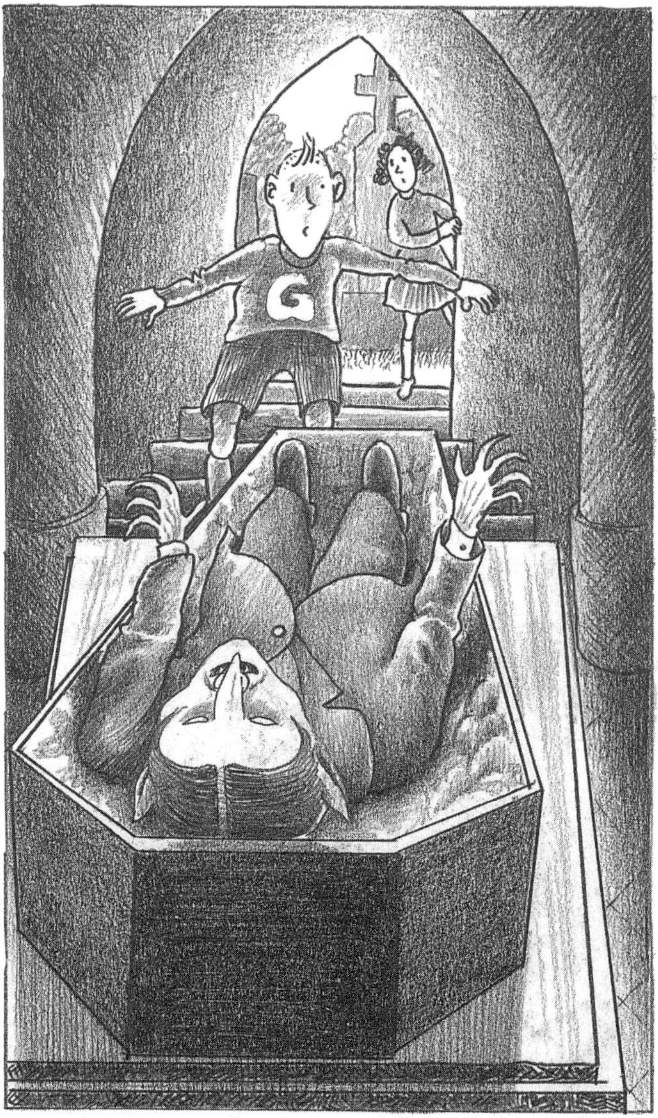

– Oh ! s'écria le garçon.

LE BRAS DU VAMPIRE 5

– OH ! REGARDE le soleil rouge ! dit Jeannette.

– Oui, dit Gwenn. On dirait que ses rayons tombent sur la chapelle.

Le garçon tenait sa petite sœur par la main, et la petite portait sa poupée.

– Dis, Gwenn ? demanda-t-elle. Est-ce que c'est vrai qu'on trouve des pièces d'or au bout des rayons du soleil ?

– Non.

Les enfants s'étaient approchés de la chapelle. La grille en était entrouverte.

– Attends-moi, dit Gwenn. Je reviens.

Il abandonna la petite dans l'allée, poussa la grille, descendit un court escalier de pierre. En bas, un caveau était mal éclairé par un vitrail multicolore.

– Oh ! s'écria le garçon immobilisé sur la dernière marche.

Quelqu'un était étendu dans un sarcophage ouvert au centre du caveau. Il fixait l'enfant de ses yeux rouges. Un vampire ! Le monstre était blême, ses canines pointues. Il bougea. Une longue main griffue sortit du sarcophage.

– Oh ! répéta Gwenn en frissonnant.

Il tourna les talons et remonta les marches précipitamment.

– Vite ! Vite ! Cours ! cria-t-il en débouchant de la chapelle, et il attrapa la main de sa petite sœur pour l'entraîner dans sa fuite.

Jeannette protestait, mais Gwenn ne ralentissait pas. Il savait que le vampire, dans le caveau sinistre, s'éveillait. Il sentait qu'il ne tarderait pas à sortir...

– Vite, Jeannette ! Et tais-toi !

Les enfants coururent, l'un remorquant l'autre. L'ombre du monstre se profila sur le mur d'entrée de la chapelle !

– Vite ! Vite !

Le garçon plongea dans un haut massif d'hortensias le long du mur d'enceinte du cimetière. Il avait retenu sa petite sœur par la taille et protégé sa chute. Il s'aplatit au sol, haletant. Jeannette geignait. Il posa une main à plat sur sa bouche et chuchota :

– Chut ! Tais-toi ! Pas un mot !

Il la regardait dans les yeux. La fillette hocha la tête en signe d'assentiment. Gwenn se retourna. Le vampire, là-bas, émergeait de la chapelle. Il était grand, vêtu de noir avec une cape rouge. Une seconde, sa tête pivota pour observer le cimetière. Puis la créature infernale ploya

les jarrets et sauta en l'air. À l'instant où elle quittait le sol, bras écartés, elle devint une chauve-souris qui prit son envol. Le garçon posa son index sur sa propre bouche et chuchota pour sa petite sœur :

– Pas un mot ! Tais-toi ! Compris ?

Des yeux, la petite acquiesça encore. Le garçon scruta le cimetière. La chauve-souris survolait une première allée avec lourdeur, comme une grande feuille de platane. Aucun doute : elle cherchait sa proie. Le gamin traqué regarda à droite et à gauche, en quête d'une cachette plus sûre. Près de la grille ! La cabane à outils du jardinier-fossoyeur ! La porte n'était jamais fermée, les enfants y seraient à l'abri. Mais comment s'y rendre ? La chauve-souris revenait, au ras d'une deuxième allée. Méthodiquement, elle inspectait le cimetière...

– Là !

Tout près, deux robinets dépassaient du mur. L'un fournissait de l'eau aux visiteurs pour rafraîchir leurs plantes. L'autre était réservé au jardinier. Un long tuyau d'arrosage jaune y était adapté, qui serpentait entre les pierres tombales presque jusqu'à l'autre extrémité du cimetière.

– Attends-moi ! Ne bouge pas ! chuchota le garçon à l'oreille de la petite sœur. Et surtout... chut ! Chut !

La fillette hocha la tête sans comprendre. Gwenn rampa sous les hortensias tandis que la chauve-souris repartait au-dessus d'une troisième allée. Vite, il ouvrit le robinet du tuyau d'arrosage et revint auprès de Jeannette. Il la regarda dans les yeux :

– On va courir, chuchota-t-il. Vite-vite-vite !

– Vite-vite-vite ? répéta la petite.

– Et sans bruit ! Tu es prête ?

La chauve-souris revenait. À l'instant, le tuyau se mit à cracher, loin, derrière les cyprès. L'eau venait de jaillir avec des ratés de pression. Immédiatement, la chauve-souris vira de bord, attirée par le bruit. Le garçon se leva d'un bond, souleva sa petite sœur hors des hortensias :

– Cours, Jeannette !

Il s'élança le long du mur en remorquant la petite. Ils ne furent pas longs à atteindre la cabane à outils.

– Entre là ! Vite !

Gwenn poussa la fillette dans la cabane, s'y engouffra derrière elle et referma la porte. Il rabattit le crochet de fer pour la maintenir fermée de l'intérieur. Il était essoufflé...

– Pourquoi... ? commença la petite sœur...

– Chut !

La chauve-souris avait fait volte-face. Par la petite lucarne en forme de losange de la porte, Gwenn la vit se poser à terre et redevenir le monstre qu'il avait réveillé. Le vampire se mouvait lentement, bras un peu écartés, la face en avant comme un masque blafard. Gwenn recula dans l'ombre...

– Gwenn ! J'ai peur ! gémit la petite sœur...

Dehors, l'autre avait entendu ! Il s'immobilisa, darda ses yeux rouges sur la porte, esquissa un sourire qui découvrit ses crocs. Gwenn repoussa Jeannette au fond de la cabane. Des outils étaient rangés contre les parois de planches et des étagères portaient des clous, des vis, un petit matériel de bricolage. Gwenn se tourna vers sa sœur :

– N'aie pas peur ! Je suis là !

Mais la face du monstre se dessina subitement dans le losange de la lucarne. La petite cria. Gwenn se retourna. Le visage abominable avait déjà reculé, et c'était à présent une longue main qui insinuait ses serres dans l'ouverture et qui descendait le long du chambranle de la porte comme un serpent. Elle cherchait le crochet pour ouvrir. Gwenn n'hésita pas. Il empoigna un lourd marteau à sa portée, un long clou dans une boîte, et piqua le clou dans la main maudite ! Il frappa dessus de toutes ses forces ! Il criait en même temps qu'il frappait, frappait et frappait :

– Prends ça ! Tiens ! Tiens !

Le vampire rugit comme un fauve. Des voix humaines lui répondirent. Elles provenaient de l'entrée du cimetière :

– Jeannette ! Gwenn ! Où êtes-vous ?

– Ici ! Ici ! appela Gwenn avec espoir. Ici ! Dans la cabane !

Ses parents arrivaient. Le vampire chercha à se dégager en grondant...

– Je vais t'aider ! lui cria Gwenn.

Il empoigna le manche d'une bêche et se mit à frapper le bras à grands coups de tranchant. Le monstre hurla...

– Gwenn ! Jeannette ! Où êtes-vous ?

– Maman ! Papa ! appela la fillette en reconnaissant les voix.

– Ici ! Dans la cabane ! cria Gwenn, et il frappait, frappait...

Soudain le bras fut tranché ! Le monstre recula en rugissant ! Une bave blanche s'échappait de sa bouche entre ses canines aiguës. Mais des gens accouraient, il ne pouvait pas se ruer contre la porte. Il tituba, hésita, puis il prit son élan et il s'envola. Gwenn vit la chauve-souris

désemparée monter en zigzaguant vers le ciel rouge, tandis que les parents et deux autres personnes arrivaient au pas de course...

– Gwenn ! Jeannette !

– Maman ! appelait la petite, agrippée à son frère.

– Ça va, dit Gwenn pour la rassurer. Tout va bien maintenant...

Il lui caressa la joue, lui lissa les cheveux. Il lui fit un bisou et ouvrit la porte. Sur celle-ci, la main du vampire s'était elle aussi métamorphosée : c'était une patte antérieure de chauve-souris avec un lambeau d'aile membraneuse. À la vue de cette chose encore agitée de convulsions, les parents reculèrent.

– Qu'est-ce que c'est que cette horreur ?

La petite Jeannette avait gardé sa poupée à la main. Elle se réfugia dans les jupes de sa mère :

– Il était vilain, le monsieur ! déclara-t-elle.

Gwenn haussa les épaules :

– Ce n'était pas un monsieur, c'était un vampire...

Il narra leur mésaventure. D'autres voisins venaient, escortant le fossoyeur. Tout le monde s'épouvantait. Gwenn fanfaronna :

– Je lui ai donné une leçon ! Il n'est pas près de revenir !

Et il ajouta, avec un clin d'œil malicieux :

– J'en mettrais ma main à couper ![1]

1. Avec ça, le robinet coule toujours. Sachant qu'il débite 4 centimètres cubes par seconde, qu'il coule depuis 8 minutes et 27 secondes, et que l'eau coûte 21 francs le mètre cube, calculez le montant de la facture et faites-nous savoir qui paiera.

LE DRAKK 6

EN ENTRANT au cimetière, Périk entendit un grondement.

– Tiens ? fit-il. Il n'y a pourtant pas de métro ?

Le grondement cessa. Périk reprit le pas entre les tombes. Le soleil du soir les teintait de rose et les ombres brunes s'étiraient dans les allées. Le grondement reprit. Périk s'arrêta :

– Ah mais ?

Il regardait ses pieds comme s'il pouvait voir à travers jusque sous la croûte terrestre. Le grondement persistait.

– Bizarre...

Le grondement cessa. L'enfant se remit en marche, dépassa la lanterne des morts.

Il s'immobilisa soudain, intrigué. De la fumée s'échappait d'une chapelle, une épaisse fumée blanche...

– Quelqu'un fait du feu là-dedans ? soupçonna Périk. Si le gardien le voit, ça va mal aller !

Le grondement se fit de nouveau entendre. Il provenait de quelque part sous terre. L'enfant scruta le paysage autour de lui sans rien y repérer. Un second crachat de fumée, comme un soupir, jaillit hors de la chapelle, à l'instant où le grondement s'arrêtait. Pffff. Plus rien. Périk rit tout seul :

– Il y a une locomotive à vapeur, ma parole !

– Hou... Hou..., murmurèrent les morts du cimetière, il ne faut pas rester là...

– Pardon ? fit Périk.

Un nouveau grondement résonna sous

ses pieds. Des chocs sourds s'y mêlaient, ainsi que des grattements rocheux. L'enfant fronça les sourcils. La terre frémissait...

– Holà !

– Hou... Hou..., murmurèrent les défunts, gare au drakk...

Quand le grondement s'interrompit, un épais jet de fumée s'échappa de la chapelle. Pffffff ! La terre trembla ! Le gamin sentit ses jambes se dérober sous lui. Il écarta les bras pour rétablir son équilibre.

– Qu'est-ce qui se passe ?

Le tremblement se prolongeait. Il se répercutait jusque dans la colonne vertébrale de l'enfant. Le grondement reprit, plus puissant...

– Ma parole ! s'écria Périk. Ils sont en train de forer un tunnel ?

Le grondement enflait encore. Il se

déplaçait sous terre avec des raclements et des chocs suivis de bruits d'effondrement, comme si, là-dessous, quelque falaise s'écroulait sous des coups de boutoir inconnus. Le garçon, déséquilibré, bascula de côté, s'accrocha d'une main à une pierre tombale. Il eut le temps de voir le toit de la chapelle aux fumées se soulever, les murs se lézarder, des tuiles tomber avec des gravats. La chapelle vomit un long panache de fumée par-dessus les volutes de poussière. Pfffffff !

– Hou... Hou..., murmurèrent les morts, gare au drakk... il ne faut pas rester là...

Le garçon s'était redressé. Il observa la chapelle. Il se tenait prêt à décamper quand le grondement recommença. La terre frissonna longuement et Périk dut se cramponner à la pierre tombale pour demeurer debout...

– Je suis juste au-dessus de la machine ! s'écria-t-il...

Les vibrations le faisaient claquer des dents. Des grattements, des raclements ponctuaient le bruit persistant. Un choc plus violent fit cliqueter les couronnes mortuaires et les verroteries sur les dalles. Des pierres de chevet s'inclinèrent. Devant l'enfant ahuri, la chapelle vacilla. Ses murs s'écartèrent. Le toit, privé d'appui, s'abattit. Les pierres et les tuiles roulaient par terre en même temps qu'un nuage de fumée montait des ruines : Pfffffffffff !

Puis plus rien. Périk se releva, s'épousseta car la poussière soulevée comme un champignon retombait partout sur les tombes. Il toussa, protesta :

– Ils sont fous ! Ils vont tout casser !

Quelque chose bougeait sous les gra-

vats. L'enfant allongea le cou pour mieux voir. Une chose brune se mouvait au ras des ruines, refoulait les débris et la terre sur ses flancs au fur et à mesure qu'elle enflait par-dessous. Les morts murmurèrent :

– Hou... Hou... le drakk... c'est le drakk...

– Qu'est-ce que c'est ? fit Périk. Un bulldozer ?

La chose n'avait pas l'aspect d'une foreuse ou d'une excavatrice. Elle était arrondie, avec (Périk les identifiait à présent que la poussière était retombée) des plaques les unes sur les autres. Et cela enflait, se dégonflait, enflait. Le grondement était devenu plus sourd. Et soudain, la chose s'enfonça ! Braaaaac ! Les ruines s'engouffrèrent dans le cratère qu'elle avait laissé en fouissant. Le grondement éclata, plus fort, mais toujours souterrain. La terre trembla. Le cimetière subit une secousse brutale. Périk s'attacha des deux bras à la pierre tombale la plus proche, mais il s'en écarta en la sentant bouger. Il sauta en arrière à l'instant où elle vacillait sur sa base. Elle s'abattit dans l'herbe. D'autres pierres subissaient le même sort alentour. Le grondement devenait assourdissant, les grattements et les chocs plus fréquents. Plusieurs trous se creusèrent ensemble à quelques pas de l'enfant, comme si la terre se dérobait. Des tombes s'affaissèrent, englouties aussitôt...

– Maman ! cria Périk.

La terre se fendait devant lui comme une large tranchée partie de la chapelle détruite. La chose arrondie releva son dos écailleux, rejeta la terre, renversa les pierres. Elle progressait en zigzaguant, éventrait le cimetière sur son passage, en direction d'un mur. Des jets de vapeur jaillissaient du sol écartelé...

– Ils ont crevé les conduites du chauffage urbain ! s'écria Périk.

Le grondement cessa. Le calme retomba, insolite. Les morts murmurèrent :

– Hou... Hou... ce n'est pas fini...

L'enfant le pressentait. Des jets de vapeur comme des halètements formidables s'échappaient de la terre défoncée. Entre des pierres tombales couchées les unes sur les autres, de part et d'autre de la tranchée profonde, des cercueils obliques émergeaient des fosses. La terre, ravagée sous l'effet d'une reptation extraordinaire, était entassée çà et là tout autour du dos arrondi. Le garçon courut chercher

refuge à l'écart à l'instant où le dos s'élevait comme une colline au-dessus des toits des chapelles. Le grondement était terrifiant. La chose, partiellement déterrée, était cuirassée de plaques épaisses qui crissaient les unes sur les autres. Périk cria :

– Ce sont des écailles ! La chose respire !

Il avait tardé à comprendre, mais il savait maintenant qu'une créature vivait sous le cimetière, et que c'était son dos qui s'extirpait du sol à grand fracas...

– Maman !

Le dos monstrueux s'arrondissait, s'élargissait. Une échine incroyable dévastait la terre par-dessous, déracinait les buis et les ifs, démolissait les fondations des chapelles, crevait les fosses sur son passage capricieux. Une tête cornue

abominable souleva les décombres et monta très haut dans les airs.

– Hou... Hou... gare au jet de vapeur, murmurèrent les morts.

L'enfant s'aplatit sur le sol à l'instant où le monstre crachait. Un souffle brûlant passa au-dessus des tombes et grilla les branches des cyprès. Tout tremblait. La bête frappait des pieds sous terre. Baoum ! Baoum ! Périk vit la lourde croix de pierre qui le dominait vaciller. Il roula sur le côté pour éviter sa chute disloquée. Baoum ! Baoum ! Baoum ! Les pieds du dragon colossal martelaient le sous-sol avec fureur. L'enfant risqua un œil entre les buissons calcinés : la tête fumante se balançait au-dessus du cimetière sinistré comme le mât d'un navire dans la tempête. La gueule vomissait une bave dégoûtante...

– Va-t'en ! Va-t'en ! sanglota l'enfant terrorisé. Va-t'en, bête infernale !

Le monstre releva la tête avec des crissements d'écailles. Ses naseaux envoyèrent un double jet de vapeur vers le ciel rouge. Pfffff ! Pffff ! Puis, abaissant son cou interminable, le dragon pivota. Son corps monumental arrachait d'énormes masses de terre en se retournant.

Malgré le danger, Périk s'était redressé pour mieux voir. Il aperçut une patte pourvue d'énormes griffes, mais elle s'enfonça dans la tranchée. Le dragon tournait sur lui-même sans quitter la ravine qu'il avait creusée. Il en piétinait le fond : Baoum ! Baoum ! Il lâchait de longs jets de vapeur en même temps que son corps s'ensevelissait plus profondément. Périk prit le risque de se jucher debout sur une pierre tombale épargnée pour voir encore le dos. Le grondement s'atténuait. Le monstre disparut dans la cavité prodigieuse. Il se produisit encore des raclements, de petits lâchers de vapeur suintèrent des tombes ouvertes...

– Hou... Hou... il s'enfonce, murmurèrent les morts, le drakk regagne sa tanière...

Comme une baleine surgie des profondeurs marines replonge au fond des océans, la bête retrouvait les entrailles terrestres. Le grondement faiblit, faiblit. Pour l'entendre, Périk se coucha par terre, l'oreille collée au sol. Quand il n'entendit plus rien, il se releva, s'épousseta. Devant lui, une longue et profonde tranchée dévastait le cimetière Saint-Patrick.

Des gens accouraient de la rue de Bretagne, tout le monde s'extasiait. On parlait de travaux mal organisés, d'accident, de dégâts à réparer, de responsables à rechercher pour financer la remise en état des lieux. L'enfant le connaissait, lui, le responsable. Et je vous jure qu'il n'avait pas envie qu'on le retrouve !

PAS DE PISSENLIT POUR JEAN-MARIE 7

ALORS QU'il se baissait dans le cimetière pour ramasser son ballon, Jean-Marie entendit :

– Allô... Allô...

Jean-Marie s'immobilisa, incrédule. La voix répéta :

– Allô... Allô...

Jean-Marie, toujours prompt à faire ou à dire une sottise, répliqua :

– À l'eau... À l'eau... Il y a de la flotte dans les tuyaux !

Et, très content de lui, il allongeait le bras pour saisir le ballon quand il fut intrigué par un large pissenlit devant lui. Le pissenlit frissonnait ! Ses feuilles den-

tées se dressaient, s'allongeaient, s'enroulaient et se déroulaient comme ces accessoires de cotillon dans lesquels on souffle.

– Ah mais ? fit l'enfant. C'est un pissenlit de fête foraine !

Il attrapa les feuilles dans la main droite et tira dessus un coup sec. Sans effet. Le pissenlit demeura en terre. En revanche, la voix de tout à l'heure dit :

– Aïe donc !

Jean-Marie s'appliqua derechef à rassembler les feuilles du pissenlit en les relevant par-dessous. Il entendit rire :

– Hi-Hi-Hi !

Il empoigna les feuilles, tira dessus un grand coup. Le pissenlit resta bien planté. La terre s'était un peu soulevée autour de lui. La même voix que précédemment commenta :

– Aïe donc !

Le gamin pinça le bec :

– Toi je t'aurai ! grommela-t-il.

Il écarta les jambes, les pieds bien à plat par terre, et s'arc-bouta, les mains cramponnées à la plante. Il compta tout bas en se balançant d'avant en arrière et d'arrière en avant :

– À la une !... À la deux !... À la trois !

À trois, il se détendit brusquement et se releva en tirant sur le pissenlit de toutes ses forces. La terre s'ouvrit, le garçon tomba sur le postérieur. Il venait d'arracher le pissenlit... mais, accrochée à la racine par les dents, il y avait au bout une tête de mort !

– Ah ! cria le gamin en sursaut.

Et il recula de six pas :

– Aïe !

Il s'était cogné à une pierre tombale

contre laquelle il se blottit à croupetons. La tête était abominable. À la peau racornie comme un vieux cuir tanné, quelques cheveux restaient collés. Ils ressemblaient à des brins de filasse. Et l'horreur sans yeux se mit à parler :

– Me voilà dehors à cause de toi !

– Heu... je... je ne savais pas..., se défendit Jean-Marie. J'ai vu le pissenlit bouger... Je... Je ne savais pas que vous étiez au bout...

– Ah mais ! protesta la tête. Tu ne sais donc pas qu'au cimetière on mange les pissenlits par la racine ?

– Heu... je... Non..., reconnut l'enfant.

Un murmure de protestations courut de tombe en tombe. Les défunts se manifestaient :

– Hou... Hou... il ne connaît pas l'expression...

– Hou... Hou... on ne leur apprend plus rien à l'école...

– Quelle expression ? demanda Jean-Marie en se relevant, le dos frotté à la pierre tombale.

– Quelle expression ? répéta la tête hirsute. Mais pardi ! L'expression « manger les pissenlits par la racine »! Tu ne la connais pas ?

– Non, s'excusa l'enfant.

Les défunts n'appréciaient pas :

– Hou... Hou... les enfants d'aujourd'hui ne savent plus rien !

– Hou... Hou... je parie qu'ils ne connaissent pas davantage l'expression « avaler son bulletin de naissance »...

– Hou... Hou... ni même « casser sa pipe »... Une honte !

– Pardon ! se défendit Jean-Marie. Je la connais ! Elle veut dire « mourir »!

– Et tu ne connais pas « manger les pissenlits par la racine » ? s'étonna la tête.

– On ne peut pas tout savoir, dit Jean-Marie.

– Dans ce cas, dit la tête, je te pardonne...

Lorsqu'elle parlait, ses dents s'activaient sur la racine blanche comme pour la ronger. C'était effrayant, mais en même temps, cela faisait l'effet d'un jouet mécanique. Jean-Marie bégaya :

– Mer... Merci... Je... Je peux m'en aller ?

– Minute ! dit la tête. Tu ne projettes pas de m'abandonner comme ça au milieu de l'allée ?

– Heu... Je... Heu... Non...

Jean-Marie fixait la tête. Les cheveux rares tremblaient au vent du soir tandis que les dents verdies enserraient la racine comme un sucre d'orge. À un mètre, un trou béait dans le sol. C'était de là que la tête immonde avait été extirpée avec le légume. Les morts murmurèrent, plutôt menaçants :

– Hou... Hou... ça ne se fait pas de laisser une tête dans l'allée...

– Hou... Hou... ce serait lui manquer de respect...

– Hou... Hou... ce serait nous manquer de respect à tous...

La tête reprit la parole :

– Remets-moi dans mon trou et que ça saute !

– Je... Je... Je..., bredouilla Jean-Marie avec répugnance.

Il recula. Il ne se sentait pas capable de ramasser cette tête, encore moins de la remettre en terre. Les défunts réagirent :

– Hou... Hou... il a pris une tête à la terre des morts...

– Hou... Hou... il doit la lui rendre...

Jean-Marie respirait fort. Ses poings se crispaient. Il essaya de se justifier :

– Je... Je ne savais pas qu'il... que vous étiez accroché au pissenlit et je... je...

Et soudain, il se décida et demanda :

– D'accord. Que faut-il que je fasse ?

– À la bonne heure ! approuva la tête. Tu vas me reloger dans le trou, et tu reposeras le pissenlit par-dessus.

– Oui... Oui, dit Jean-Marie en serrant les dents pour se donner du courage. Je remettrai la tête dans le trou.

Il avança de deux pas. Il étendit le bras en direction de la tête sans se résoudre à la toucher. Ses doigts tremblaient...

– N'aie pas peur, fit la tête repoussante, je ne te mordrai pas !

Les morts se mirent à rire dans le cimetière. Jean-Marie avança d'un pas encore, s'abaissa, mains tendues vers la tête. Mais le dégoût fut plus fort. L'enfant se releva en bredouillant :

– Je... Je ne peux pas !

– Allons ! Un effort ! l'encouragea la tête. Rien n'est impossible à l'homme, c'est lui qui le prétend.

Les défunts ricanèrent.

– Je... Je ne peux pas..., avoua Jean-Marie debout piteusement devant la tête sur son pissenlit.

– Hou... Hou... quel trouillard ! se moquaient les morts.

– Je voudrais vous y voir ! riposta l'enfant.

– Hou... Hou... on y est ! protestèrent les morts, et ils éclatèrent de rire.

L'enfant se défendit :

– Je ne suis pas trouillard. Mais... ça...

Il désignait la tête. Les morts, insultés, murmurèrent :

– Hou... Hou... il nous méprise, il nous crache dessus...

– Mais non ! s'écria Jean-Marie. C'est seulement que je ne suis pas habitué !

Les défunts s'apaisèrent. L'un d'eux intervint :

– Hou... Hou... si ça se trouve, c'est le premier défunt que voit ce petit ?

– C'est vrai, dit Jean-Marie.

– Hou... Hou..., compatirent les morts, c'est autre chose que les morts de cinéma ou de bande dessinée, pas vrai ?

– Ça oui ! approuva Jean-Marie avec un sourire aigre. C'est vraiment autre chose !

Il comprenait pourtant qu'il allait falloir faire un gros effort, et que la tête ne pouvait pas rester dans l'allée. Il avala une bonne goulée d'air et dit :

– Je vais essayer...

– Bravo ! s'écria la tête avec un rictus terrifiant.

– Hou... Hou... n'aie pas peur, murmuraient les défunts.

– Hou... Hou... n'aie pas peur, petit, et nous te révélerons le secret de la pierre, promit une défunte.

La promesse provoqua une flopée de protestations :

– Hou... Hou... pas question ! Nous n'avons le droit de le révéler à personne ! Non ! Non !

– Hou... Hou... qu'est-ce que ça peut faire ? reprit la défunte qui s'était déjà manifestée en faveur du gamin.

– Hou... Hou... c'est la loi ! On n'a jamais donné le secret à personne ! protestèrent les autres. On ne va pas commencer !

Les avis des morts étaient partagés.

Jean-Marie les entendit se quereller. Il y avait deux camps : celui qui était d'accord pour livrer le secret de la pierre contre celui qui s'y refusait.

Jean-Marie haussa les épaules. Ces histoires de défunts ne l'intéressaient pas. En revanche, la vilaine tête qui dardait sur lui ses orbites sans yeux était bien réelle !

– Ah ! Taisez-vous, les morts ! grommela-t-il. On ne s'entend plus.

Et il se pencha mains tendues pour saisir le pissenlit. Il assembla les feuilles en s'efforçant de ne pas effleurer le crâne. Autour de lui, au soleil du soir, le cimetière s'était tu. Un silence... de mort. Hi-Hi-Hi ! Le gamin, riant nerveusement au jeu de mots, empoigna les feuilles dans une main et tira dessus en recommandant à la tête :

– Ne lâche pas la racine !

– Pas de danger ! répondit la tête..., malheureusement au mauvais moment, car elle ouvrit les mâchoires pour parler à l'instant où le garçon soulevait le pissenlit, de sorte que la plante fut soulevée sans elle.

La tête demeura sur le sol.

– Zut ! cria le gamin contrarié. Je t'avais dit de ne pas lâcher la racine !

Les morts murmurèrent. La tête s'excusa :

– C'est ma faute, je le reconnais ! Rends-moi la racine !

Les morts bougonnaient. Jean-Marie tapa du pied par terre :

– Allez-vous vous taire à la fin ! Au lieu de jacasser comme des pies !

Il abaissa le pissenlit devant la tête immonde, et clac ! les mâchoires le happèrent comme un piège à loup. Le gamin ferma les yeux. La voix gronda, dents pincées sur la racine :

– Je la tiens !

– Ne la lâche plus ! commanda l'enfant.

Il compta jusqu'à trois et, à trois, souleva l'ensemble par les feuilles, à deux mains. Quel cauchemar ! La tête s'accrochait à la racine blanche par les dents, ses cheveux clairsemés tremblotaient comme des radicelles. Le gamin cria, davantage pour évacuer sa peur que par nécessité :

– Ne la lâche pas surtout ! Ne parle pas !

– 'on ! répondit la tête.

Le cimetière retenait son souffle. L'enfant souleva la charge au-dessus du trou. Il s'agissait de bien viser pour l'y déposer, et il visa juste. La tête s'emboîta dans l'orifice. Le gamin la fit entrer plus profondément en pesant sur le paquet de feuilles.

– Ne lâche pas la racine ! Ne lâche pas la racine ! répétait Jean-Marie, et il fermait les yeux pour échapper au spectacle insupportable.

– 'on ! 'on ! répondait la tête ensevelie.

Elle affleurait. L'enfant reposa le pissenlit par-dessus, étala ses feuilles en étoile. L'enfouissement cependant se révélait insuffisant : la plante faisait comme une bosse dans l'allée.

Jean-Marie demanda :

– Est-ce que je dois appuyer sur le pissenlit ?

– Oui ! Appuie ! répondit la tête enterrée. Je n'ai pas encore retrouvé mes vertèbres du cou !

Le gamin s'agenouilla, posa ses mains à

plat sur les feuilles en s'appliquant à éviter tout contact avec le cuir chevelu du défunt. Il pesa de tout son poids sur le pissenlit. La tête s'enfonça. Le légume reposait maintenant bien à plat sur le sol. L'enfant n'eut plus qu'à rassembler la terre éparpillée par l'arrachage et à l'insinuer sous le feuillage. Il se releva, soulagé :

– Et voilà le travail !

– Parfait ! remercia la tête ensevelie.

Les morts soupirèrent, satisfaits. Le garçon demanda :

– Pas besoin d'autre chose ?

– Non, répondit la tête. Merci bien.

– Alors je m'en vais, dit Jean-Marie.

Il ramassa son ballon.

– Hou... Hou... je le lui révèle ! annonça la voix de la défunte que le garçon avait déjà entendue.

– Hou... Hou... il ne faut pas, protestèrent d'autres voix, mais nettement moins nombreuses que tout à l'heure.

– Hou... Hou... à quoi ça nous sert-il de garder ce trésor ? reprit la défunte, approuvée par quelques camarades.

– Hou... Hou... il ne faut pas, c'est la règle...

– Hou... Hou... le gamin s'est bien comporté, il ne s'est pas affolé...

– Hou... Hou... c'est vrai...

– Hou... Hou... ce n'est qu'un enfant ! reprit la voix de la défunte. C'était le premier mort qu'il voyait, il aurait pu se débiner !

– Hou... Hou... c'est la vérité...

– Je vous assure, dit alors la voix de la tête enfouie, qu'il m'a remise en place impeccablement.

– Hou... Hou... je lui révèle le secret ! décida la morte.

Cette fois, il n'y eut plus de protestations. Jean-Marie s'était arrêté, son ballon sous le bras.

– C'est moi qui vais le lui dire ! annonça la tête.

– Hou... Hou... oui ! approuva la voix de la défunte. Et que ceux qui ne sont pas d'accord aillent se faire cuire un œuf...

Les morts gloussaient de rire :

– Hou... Hou... un œuf ! C'est bon ! À la coque ! Sur le plat ! En omelette !

– Hou... Hou..., ajouta un autre, hilare, j'avais compris qu'elle proposait d'aller se faire cuire... un veuf ! Hi-Hi-Hi !

Le cimetière pleurait de rire :

– Hou... Hou... arrête ! je vais faire pipi dans mon linceul !

Jean-Marie secouait la tête avec indulgence. Il s'apprêtait à partir quand il entendit :

– Allô... Allô...

C'était la voix de la tête. Son propriétaire devait avoir travaillé pour la compagnie du téléphone de son vivant. Immédiatement, les défunts redevinrent attentifs afin de ne rien perdre du message.

– J'écoute ! dit Jean-Marie.

La voix prit un ton officiel :

– Allô... Allô... Il y a dans le cimetière une pierre debout...

– Je la connais ! dit Jean-Marie.

– N'interrompez pas ! reprit la voix. Allô... Allô...

– J'écoute...

– Sous la pierre se cache un trésor...

– Ah ? fit Jean-Marie.

– Allô... Allô... Il ne faut pas renverser la pierre car elle est sacrée...

– Ah bon ?

– Allô... Allô... Il ne faut pas renverser la pierre...

– Tu l'as déjà dit, grommela l'enfant.

– Allô... Allô... Il faut attendre qu'elle se déplace toute seule...

Le gamin éclata de rire :

– Tu parles !

– Allô... Allô... La pierre se déplace au troisième chant du coq...

Le gamin riait :

– Et ta sœur ?

– Allô... Allô... La pierre se déplace au troisième chant du coq... Elle fait le tour du cimetière en roulant sur elle-même comme un culbuto, et revient se loger toute seule dans son trou...

– Quelle histoire !

– Allô... Allô... Il faut avoir pris le trésor avant son retour sous peine d'être écrasé et de rester dessous !

– Quel farceur !

– Allô... Allô... Fin de message !

La voix se tut. L'enfant était perplexe. Il se gratta le menton, il se gratta la joue, il se gratta la tête, il se gratta les côtes, il se gratta les fesses...

– Hou... Hou... il a des puces ? rigola un défunt, et tout le cimetière avec lui.

Jean-Marie s'arrêta. Il sourit et dit :

– Hé ? Les morts ?

Mais alors, ils ne répondirent plus. Fichus caractères !

Jean-Marie pivota, son ballon sous le bras, vers la pierre debout. Elle était au fond du cimetière, dans la partie la plus ancienne. Était-il possible qu'elle se déplaçât ? Jean-Marie haussa les épaules en se plaçant devant. Elle était deux fois haute comme lui. À l'école, le maître l'appelait un menhir. Le gamin lâcha son ballon afin de la toucher. Puis il la poussa. Elle ne bougea pas d'un cheveu.

– Non, c'est impossible ! décida l'enfant.

En même temps, il se retourna dans l'attente d'une confirmation ou d'une infirmation des défunts. Mais ils demeurèrent silencieux. Jean-Marie s'interrogea. La pierre se déplaçait-elle ? Qu'avait raconté la tête ? Au troisième chant du coq ? L'enfant n'allait pas revenir au cimetière à l'aube ! Il se redressa, et par jeu, coqueriqua de toutes ses forces (bien imité d'ailleurs) :

– Cocoricoooooo !

Ah ! La pierre frémit de la base au sommet ! Stupéfait, l'enfant reflua de trois pas en arrière ! Les défunts n'avaient pas menti. Il regarda autour de lui. Le soleil profilait les ombres des chapelles et des

tombes dans les allées jaunies. Jean-Marie appuya ses poings sur ses hanches, les coudes écartés comme des ailes de gallinacé :

– Cocoricoooooo ! cria-t-il mieux encore que la première fois.

La pierre trembla, bougea vers la droite, bougea vers la gauche comme pour décoller sa base. Jean-Marie n'attendit plus :

– Cocoricoooooooo ! lança-t-il.

La pierre branla ! Un coup à droite, un coup à gauche, un coup à droite ! Et soudain, elle bascula, s'abattit ! Plaf ! Le gamin s'enfuit à l'abri d'une tombe. Mais la pierre, indifférente à sa présence, se relevait déjà, tête au sol et base en l'air, en équilibre instable. Elle s'effondra de nouveau, et de nouveau se releva. La base retrouva terre, le sommet dressé vers le ciel. La pierre était lan-

cée ! Elle ne s'arrêtait plus ! Elle roulait de la base sur la tête et de la tête sur la base. Elle s'éloignait ainsi en galipettant le long de la muraille du cimetière ! Elle s'apprêtait, de toute évidence, à effectuer le tour intérieur de l'enclos et se déplaçait très vite. Il ne lui faudrait pas plus de deux minutes pour faire sa promenade complète...

– Vite ! s'écria Jean-Marie.

Au fond du trou, quelque chose brillait.

– Des pièces d'or !

L'enfant tourna la tête en direction du bruit causé par les culbutes successives de la pierre branlante. Plaf ! Plaf ! Plaf ! Elle avait atteint le premier angle et pirouettait pour arpenter le deuxième côté du cimetière...

– Vite ! Vite !

Jean-Marie sauta dans le trou, attrapa

les pièces à pleines poignées, les jeta en l'air vers l'allée...

– Je les ramasserai après ! Vite !

Il tendait l'oreille. La pierre cahotait le long du deuxième mur, elle approchait du deuxième angle...

– Vite ! Vite !

L'enfant jetait les pièces avec de la terre par-dessus bord. Le fracas de la pierre venait de changer de sens ; elle culbutait le long du troisième mur...

– J'ai encore le temps ! Vite !

Jean-Marie travaillait fébrilement. Les pièces écopées retombaient sur les tombes de marbre avec des tintements cristallins ou roulaient dans l'allée. L'enfant riait. Plaf ! Plaf ! Le bruit revenait, grandissait ! Plaf ! Plaf ! La pierre avait dépassé le dernier angle et regagnait son trou...

– Maman ! s'écria l'enfant...

Il voulut grimper hors de la fosse. La pierre accourait entre les chapelles à vingt mètres ! Plaf ! Plaf ! Agrippé à la terre mais regardant derrière lui, l'enfant manqua sa prise et retomba en arrière en hurlant d'effroi :

– Maman !

Plaf ! Plaf ! Plus que trois ou quatre tonneaux et la pierre massive reprendrait sa place ! Jean-Marie bondit hors du trou à l'instant où elle y retombait ! Il plongea sur le côté pour la laisser passer. Elle se replanta brutalement. Plaaaaaaf ! Le bruit résonna longuement. La pierre bougea encore un peu à gauche, à droite, pour se recaler. Elle s'immobilisa. L'enfant se releva tout tremblant...

– C'é... C'était... C'était vrai..., balbutia-t-il.

Il était essoufflé, son cœur battait le

rock'n roll. Il tira son mouchoir de sa poche et s'épongea le front, les joues et le cou. Alors, seulement, il pensa aux pièces. Elles brillaient autour de lui au soleil couchant comme une pluie de larmes. Il se mit à rire nerveusement :

– Merci ! Merci les morts !

Et il répétait « merci », « merci », « merci » en se jetant à quatre pattes dans l'allée pour récupérer son trésor. Quand ses poches furent pleines, il glissa des pièces sous sa chemise. Il riait, répétait « merci », « merci ». Il le répétait encore en gagnant la sortie du cimetière vers la rue de Bretagne où il demeurait...

Les morts murmuraient derrière lui :

– Hou... Hou... il est bien poli ce petit...

– Hou... Hou... mais il a oublié son ballon...

– Hou... Hou... tant mieux, on jouera au foot cette nuit...

ÉPILOGUE

VOUS avez eu peur ? Moi aussi. J'en ai le cœur qui p*i*lp*a*te. Figurez-vous que je m'étais arrêté devant la tombe d'un défunt nommé Décroix. Son prénom m'a fait pouffer de rire. Forcément : Sancho ! Hi-Hi-Hi ! Décroix Sancho ! C'est bon dans le café au lait ! Mais le défunt s'est fâché, il en faisait une montagne ! Je me suis enfui au pas de gymnastique. Maintenant, j'essaie de rentrer chez moi mais de drôles de choses me pourchassent. Ça ressemble à des fumées noires brassées au-dessus de ma tête. Ça grouille et ça grenouille. J'aperçois des trognes grimaçantes. Je me sens mal parti. Je m'en tirerai si je m'en sors. Si je ne m'en sors pas j'y reste ! Et alors, je ne pourrai plus raconter de sornettes à dresser les cheveux sur la tête, et ce sera tant mieux pour les chauves. Mais en attendant, cachez bien le nez sous les draps. Évitez de claquer des dents ou d'appeler votre mère car le bruit attire les fantômes. (Ne faites pas pipi au lit non plus, vos parents ne me le pardonneraient pas.)

Je vous fais une tempête[1].

1. Tempête : grosse bise bretonne.

Table des matières

Yak Rivais

est né à Fougères en 1939.

InstitAuteur,

il a beaucoup écrit pour les enfants,

et reçu de nombreux prix

pour ses contes et ses jeux littéraires.

Il a aussi écrit pour les adultes

(Prix de l'Humour Noir,

Prix de l'Anticonformisme, Prix Bretagne),

et professionnellement, pour les enseignants.

Il illustre lui-même ses histoires.

Du même auteur :

Aux Éditions Nathan :

Contes du cimetière après la pluie (Lune Noire, 1997)

Gillou et les Oscars (Pleine Lune, 1998)

Lutinet cherche une glace (Première Lune, 1998)

Contes du cimetière sous l'arc-en-ciel (Lune Noire, 1999)

Le génie de la valise (Demi-Lune, 1999)

VOUS POUVEZ LIRE AUSSI…

Contes du Cimetière
après la pluie

YAK RIVAIS

Au cimetière Saint-Patrick, les morts guettent les vivants. C'est ainsi que Rozen et Marg'rite promènent un fantôme et que le vampire s'en prend à Yanig. La petite Fantik a de sérieux ennuis avec une sorcière de 320 ans, et le grand Lucifer compose une musique à damner les hommes ! Heureusement, les humains ne se laissent pas faire.

Contes du Cimetière
dans le brouillard

YAK RIVAIS

Dans le cimetière Saint-Patrick, les humains restent scotchés au sol ; les Tomtes ont perdu la clé de la salle du trésor; il ne faut surtout pas prononcer le nom du fantôme gravé sur la tombe ; les thuyas tortueux se lancent à la poursuite des humains ; une petite fille joue aux pions avec un drôle de cormoran. Et le diable aux cinq visages propose à Kaour de réaliser ses souhaits, simplement en claquant des doigts...

Contes du Cimetière avant l'orage

YAK RIVAIS

Au cimetière Saint-Patrick, les morts ricanent... Et dans les allées, un poulpiquet se rue sur des Chamallows pendant que le diable joue au foot. Les sorcières s'amusent à embêter Louisic, les morts jouent de la musique. Les enfants sont des malins et les morts le savent bien.

Contes du Cimetière sous l'arc-en-ciel

YAK RIVAIS

Les morts parlent au cimetière Saint-Patrick. Certains veulent même jouer avec Lannik, et le chat noir du diable veut acheter l'âme de Soizic. Attention ! Le fantôme essaie de faire manger des champignons vénéneux à Guern ! Les trolls s'efforcent de récupérer le sifflet qui les rendra maîtres de Cerbère, le dieu des Enfers... !

N° éditeur : 10099374
Imprimé en France chez Mame (n°03082048)
Dépôt légal : septembre 2003
Conforme à la loi n° 49956 du 16 juillet 1949 sur les publications destinées à la jeunesse